KB260187

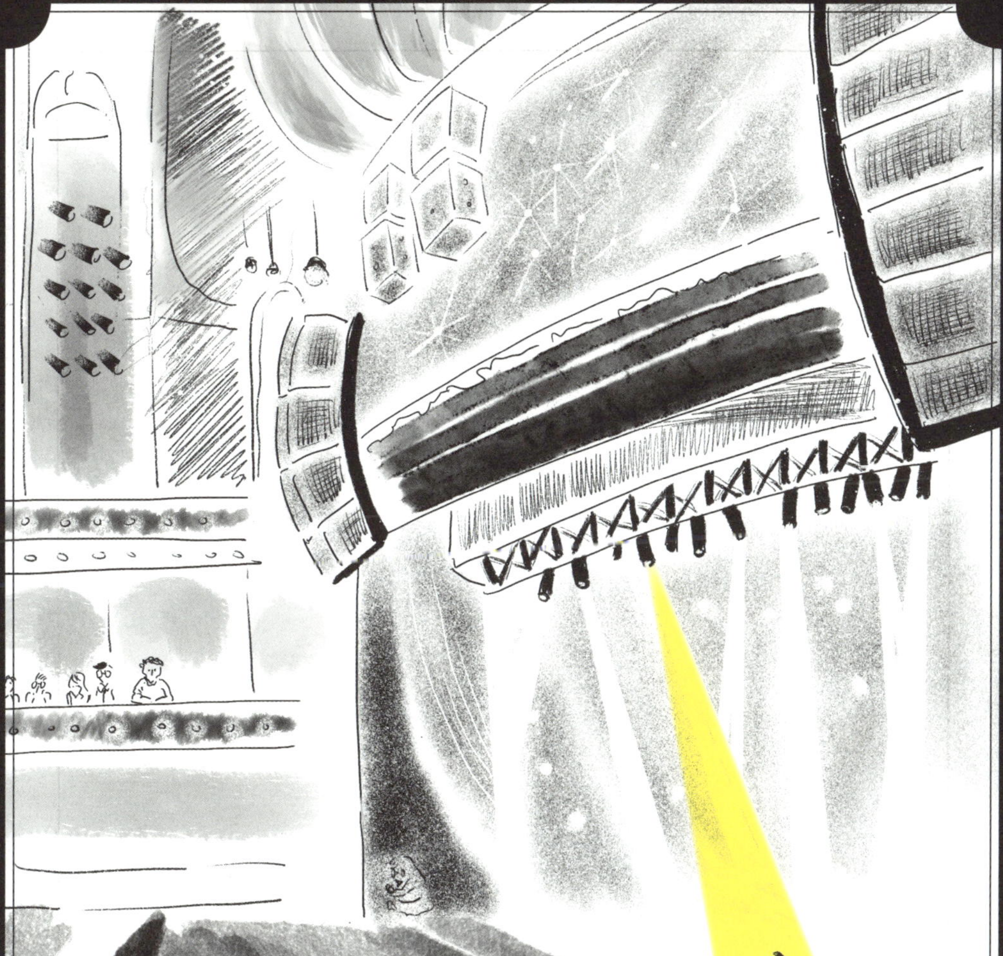

글 **송승환**

1957년 서울에서 태어났다. 1965년 아역 배우로 데뷔한 이후 60년 동안 30여 편의 연극, 20여 편의 영화, 70여 편의 드라마에 출연했다. 한국 최초의 브로드웨이 진출작 〈난타〉를 비롯한 60여 편의 연극과 뮤지컬을 제작했고, 2018년 평창 동계올림픽의 개회식과 폐막식 총감독을 맡기도 했다. 갑작스러운 시력 악화로 시각장애 4급 판정을 받았지만 여전히 무대에 오르며 배우의 길을 걷고 있다. 불편함은 불가능과 다르며, 시력의 공백은 기억력과 상상력으로 얼마든지 메울 수 있다고 믿는다. 남은 꿈은 멋진 노역 배우로 인생을 마무리하는 것이다.

그림 **나소연**

잡지사 미술 기자를 거쳐 일러스트레이터로 활동하고 있다. 그림 작가의 꿈을 좇아 파리 L'Air Artist Residency 펠로우십을 수료했고 지금은 한국에서 단행본, 플립북, 라이브 드로잉 등 다양한 작업을 진행 중이다. 도전하는 삶과 끝없는 모험을 꿈꾸며 사람들 속의 빛을 그려나간다. 좋은 그림과 아름다운 책을 만드는 작가로서 자유로이 세계를 유영하고자 한다.

나는 배우다,
송승환

나는 배우다, 송승환

송승환 글 | 나소연 그림

뜨인돌

책을 내며

평창올림픽이 끝난 뒤 여러 곳에서 출판 제안을 받았다.

올림픽뿐 아니라 〈난타〉를 비롯한 그동안의 내 인생을 책으로 내자는 것이었다.

고민 끝에 모두 거절했다. 20여 년 전에 이미 〈난타〉에 얽힌 이야기를 책으로 낸 적이 있었고,

올림픽 직후 시력이 막 나빠지기 시작하던 때라서 도무지 글을 쓸 엄두가 나지 않았다.

그런데 작년에 파주출판도시의 〈2024 파주페어_북&컬처〉를 준비하면서

뜨인돌출판사 고영은 대표로부터 또 제안을 받았다. 처음엔 정중히 거절할 생각이었지만

그가 꺼낸 "새로운 형식의 책"이라는 말이 내 마음을 조금씩 설레게 했다.

여느 자서전과 달리 글은 최대한 줄이고,

대신 그림이 많이 들어가는 '일러스트 북'을 만들고 싶다는 것이었다.

새롭다는 것은 언제나 나를 주책없이 설레게 하고 가슴 뛰게 한다.

이 책은 바로 그런 마음에서 시작되었다.

지금까지의 내 삶과 내가 했던 작업들에 얽힌 이야기가 얼마나 의미 있고 재미있을지는 모르겠지만,

새로운 형식의 책에 담겨 독자 여러분에게 신선함을 드릴 수 있다면 다행이라고 생각한다.

제안을 해주신 고영은 대표님, 일러스트를 맡아주신 나소연 작가님,

그리고 책이 나올 수 있도록 애써주신 많은 분들께 감사드린다.

2025년 봄, 송승환

나는 송승환이다.

1957년에 태어났으니 올해로 예순여덟이 되었다.

사람들은 나를 탤런트, 연극배우, MC, DJ, 교수,

공연제작자, 총감독 등으로 부른다.

그러나 내가 생각하는 나의 정체성은 언제나 '배우'였다.

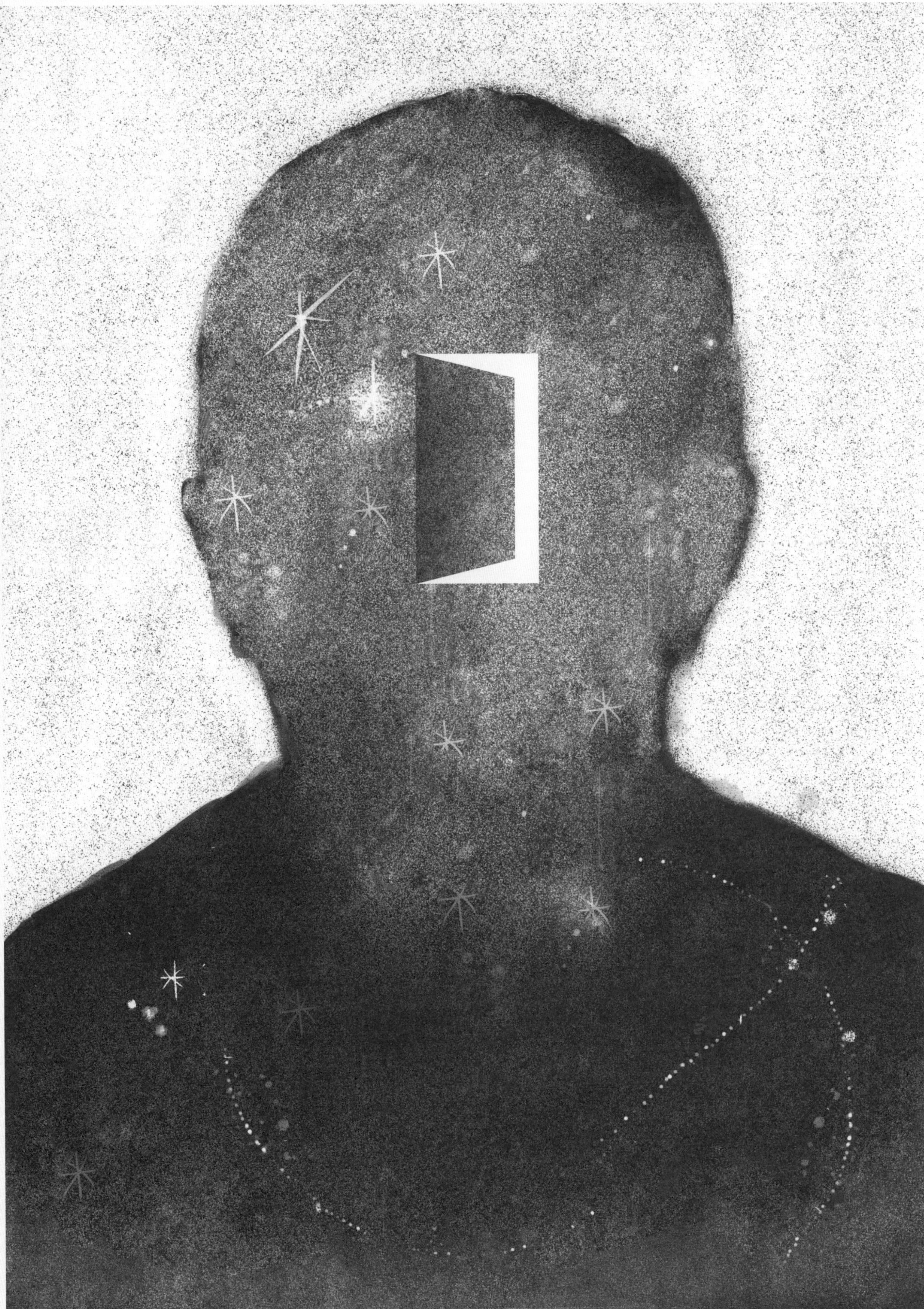

그동안 참 많은 작품에 출연했고 그때마다 새로운 인생을 경험했다.
하지만 어떤 역할도 내 실제 인생만큼 드라마틱하지는 않았다.
삶이란 무대 위의 연기와 달라서 연출자의 속내를 알 수 없고,
당장 다음 씬scene이 어떻게 진행될지도 예측할 수 없다.
도무지 종잡을 수 없는 삶의 대본 앞에서,
나는 늘 어설픈 즉흥 연기를 할 수밖에 없었다.

대학입시를 준비할 때만 해도 나는 어릴 때의 취미활동 같았던
연기와 결별할 생각이었다. 그러나 연기에 대한 갈망을 누르지 못해
대학을 중퇴했고 몇 년 만에 '청춘스타'라는 소리를 듣게 되었다.
방송가와 연극 무대를 바쁘게 오가던 화려한 전성기는
부친의 사업 실패로 갑작스레 막을 내렸고,
나는 모든 것을 내던진 채 머나먼 뉴욕으로 떠났다.

비현실적 설정과 극단적인 롤러코스터 인생!
미리 읽었다면 단박에 거절했을 이 드라마의 주인공이 바로 나였다.

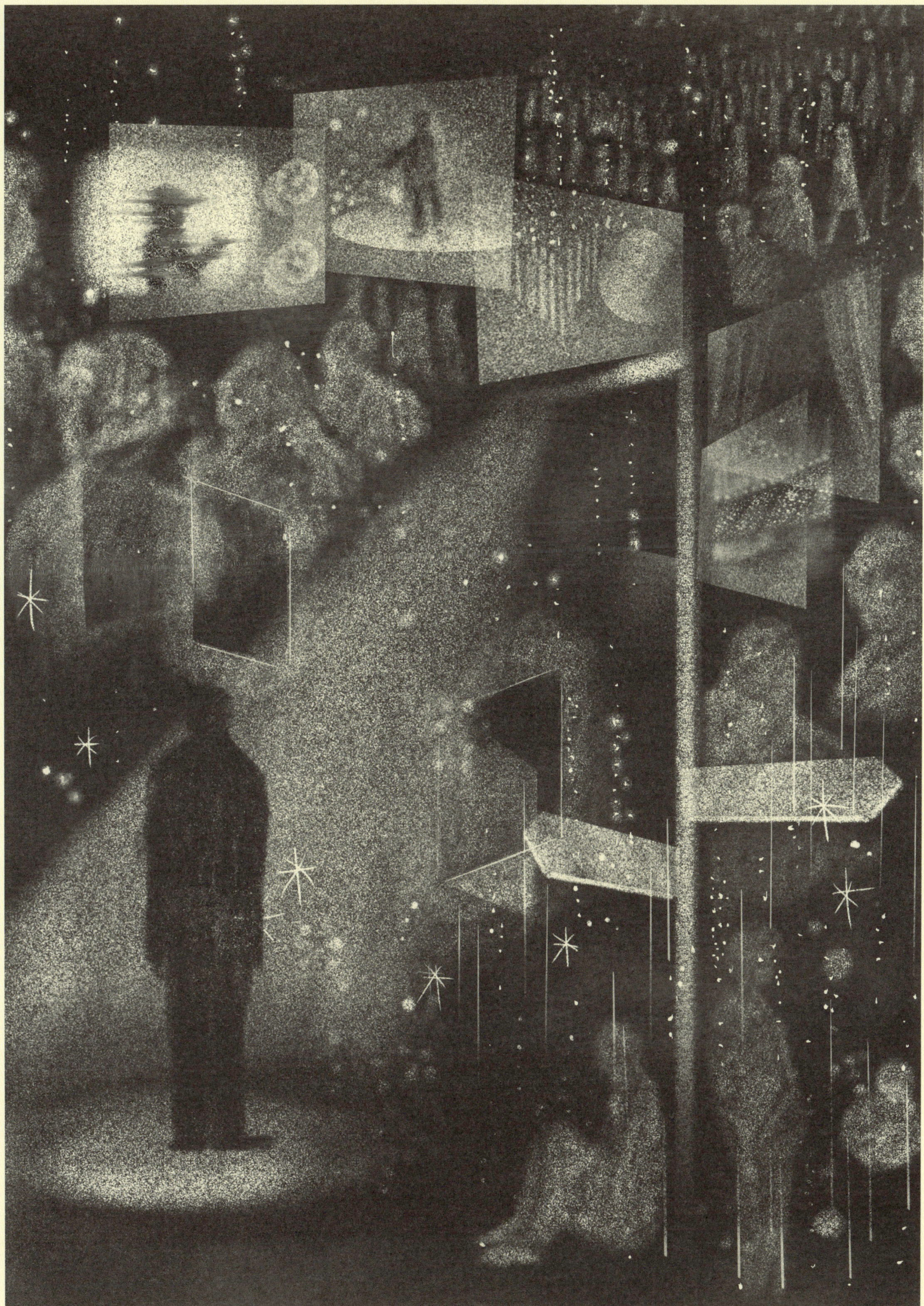

〈난타〉가 대박을 터뜨리면서 롤러코스터는 다시
상승하기 시작했고 브로드웨이에서 마침내 정점을 찍었다.
이후 평창올림픽까지 평탄한 궤도가 이어졌다.
어느덧 육십! 이 나이에 또 무슨 추락이 있으랴 방심하는 순간,
느닷없는 급강하가 시작되었다. 갑자기 앞이 보이지 않았다.
비유가 아니고 실제상황이다.
내가 볼 수 있는 세상은 눈앞 30센티미터로 제한되었다.

여기까지가 내게 주어진 대본이다. 그나마 다행인 것은
이 짓궂은 대본이 '열린 결말'이라는 것!
주인공인 나는 둘 중 하나를 선택할 수 있다.
누군가의 부축을 받으며 무대 뒤로 퇴장하거나,
내 힘으로 무대에 서서 새로운 도전을 즐기거나.

나는 후자를 택했다.

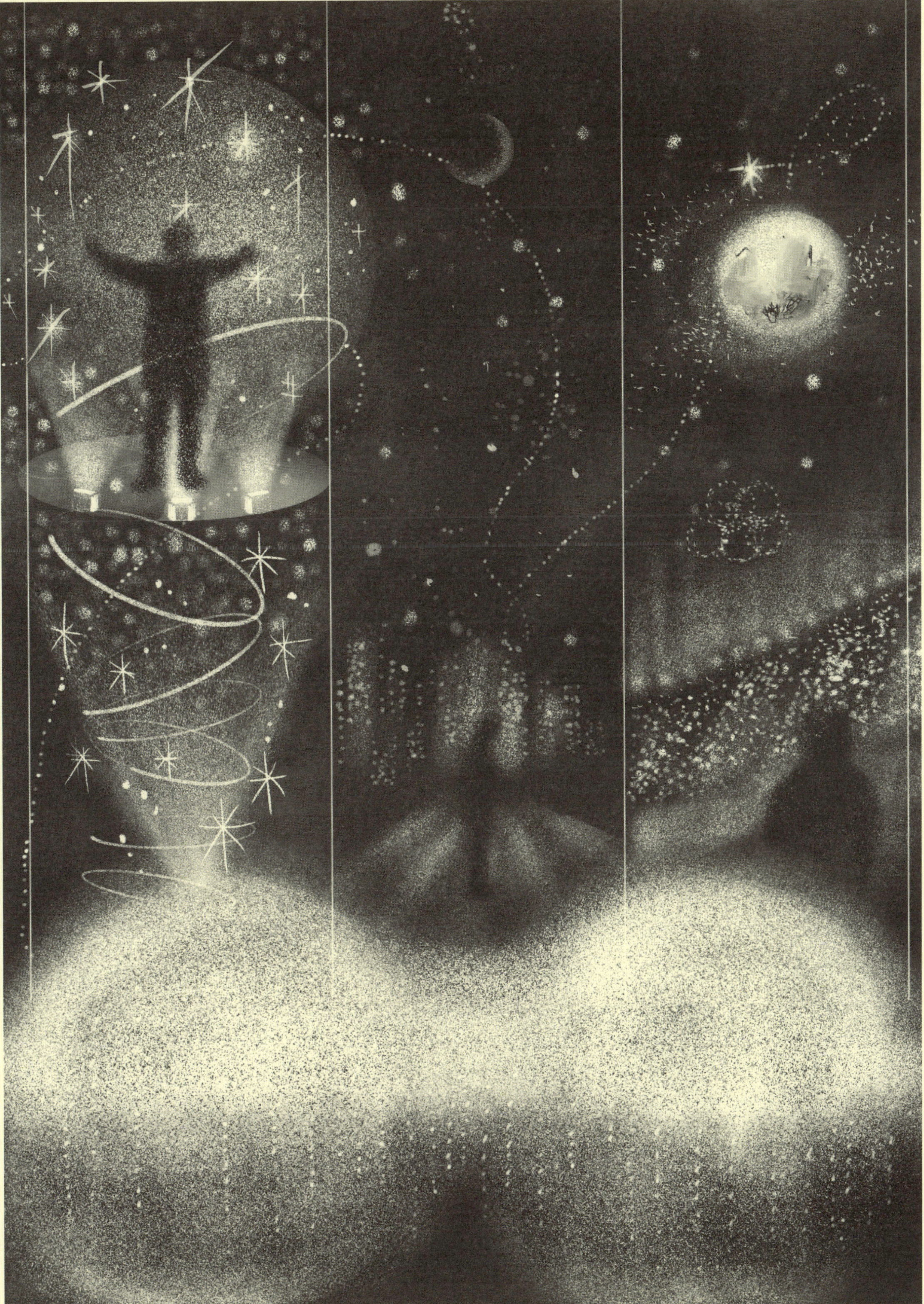

나는 배우다.

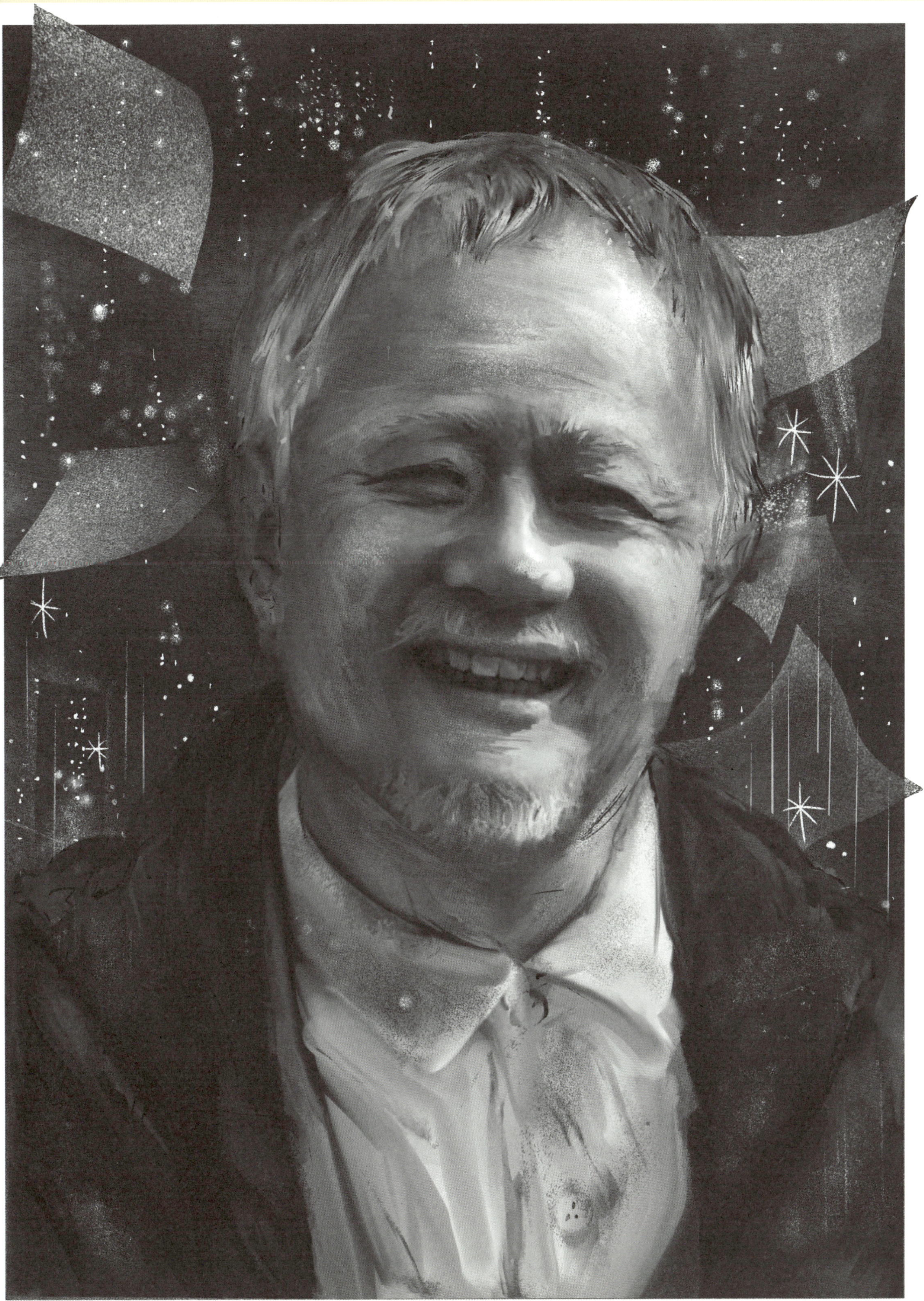

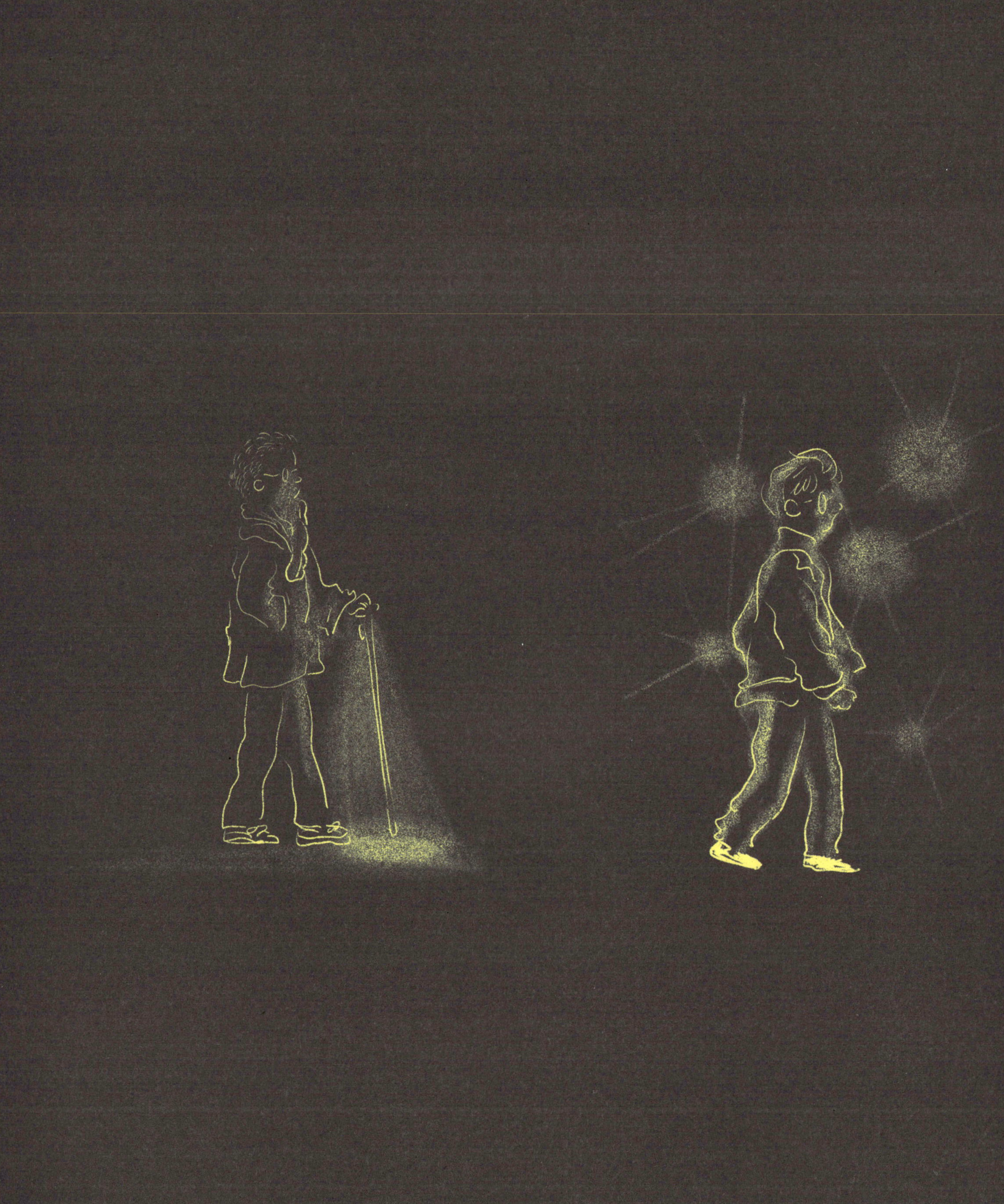

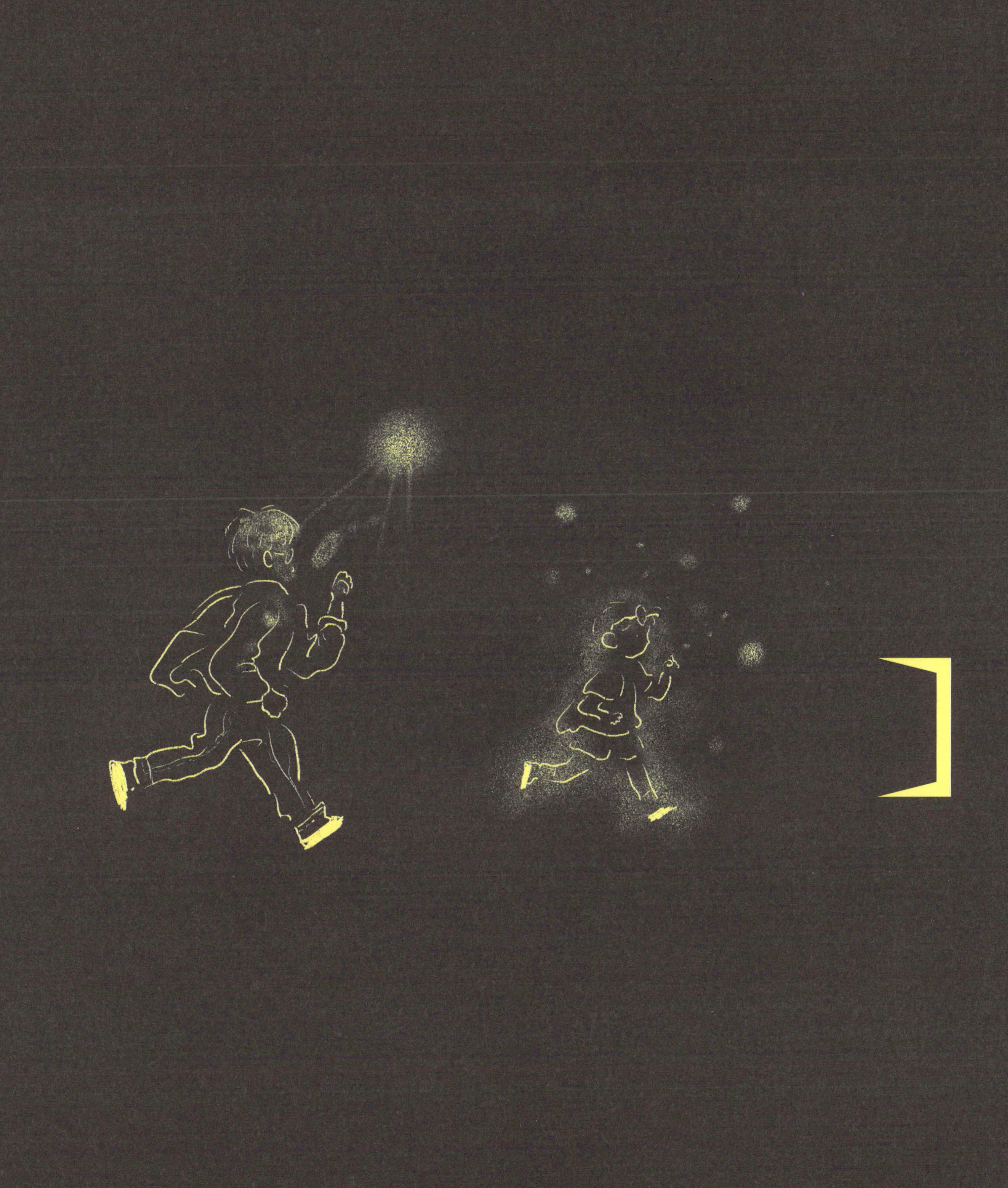

서울 안암초등학교 3학년이던 1965년, 어느 여성단체가 주최한
'어린이 동화 구연대회'에서 어머니가 써주신 창작동화를 들고 나가 1등을 했다.
상장에는 당시 이화여대 총장이던 김활란 박사의 이름이 적혀 있었다.
이후 KBS 라디오에서 수상자들을 초청하여 스튜디오에서 잠깐씩 구연을 시켰는데,
마침 현장에 있던 PD의 눈에 띄어 〈은방울과 차돌이〉라는 라디오 프로그램에
차돌이 역할로 출연하게 되었다. 일종의 '현장 캐스팅'이었던 셈이다.
당시만 해도 아역 성우가 드물어 어른 성우들이 아이 목소리를 내던 때였다.

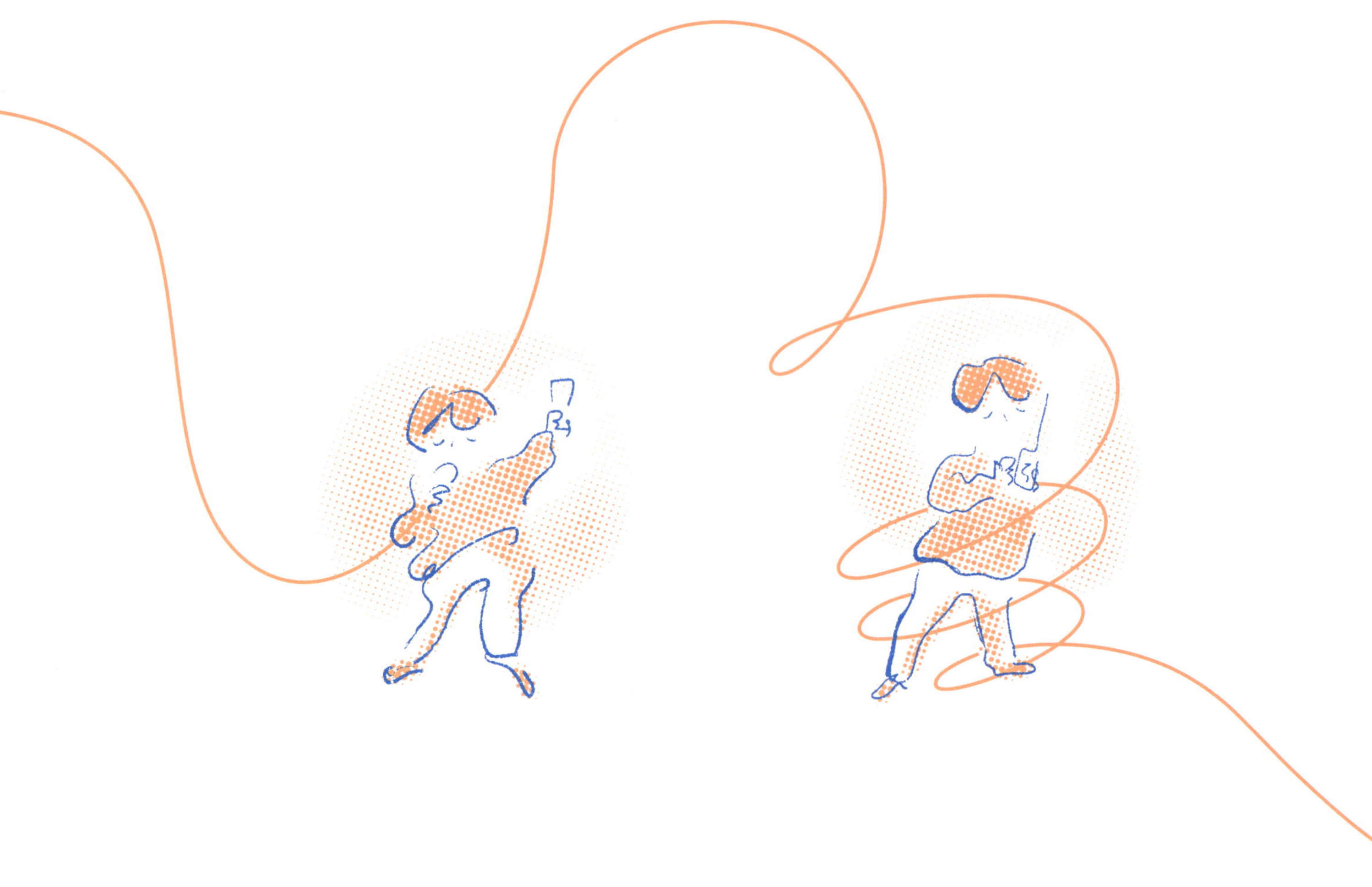

라디오 출연을 계기로 〈똘똘이의 모험〉 〈얄개전〉 등의 TV 어린이 드라마에
출연하던 6학년 무렵, 어느 탤런트 아저씨가 나를 당시 명동에 있던 국립극장으로 데려가
낯선 할아버지에게 소개했다. 할아버지가 내게 연극 대본을 주며
한번 읽어보라고 하셨다. 그분은 극단 '광장'의 이진순 선생님이었다.
그렇게 연극 〈학마을 사람들〉(이범선 원작, 이진순 연출)에 출연했고,
아역으로는 최초로 1968년 동아연극상 특별상을 수상했다.

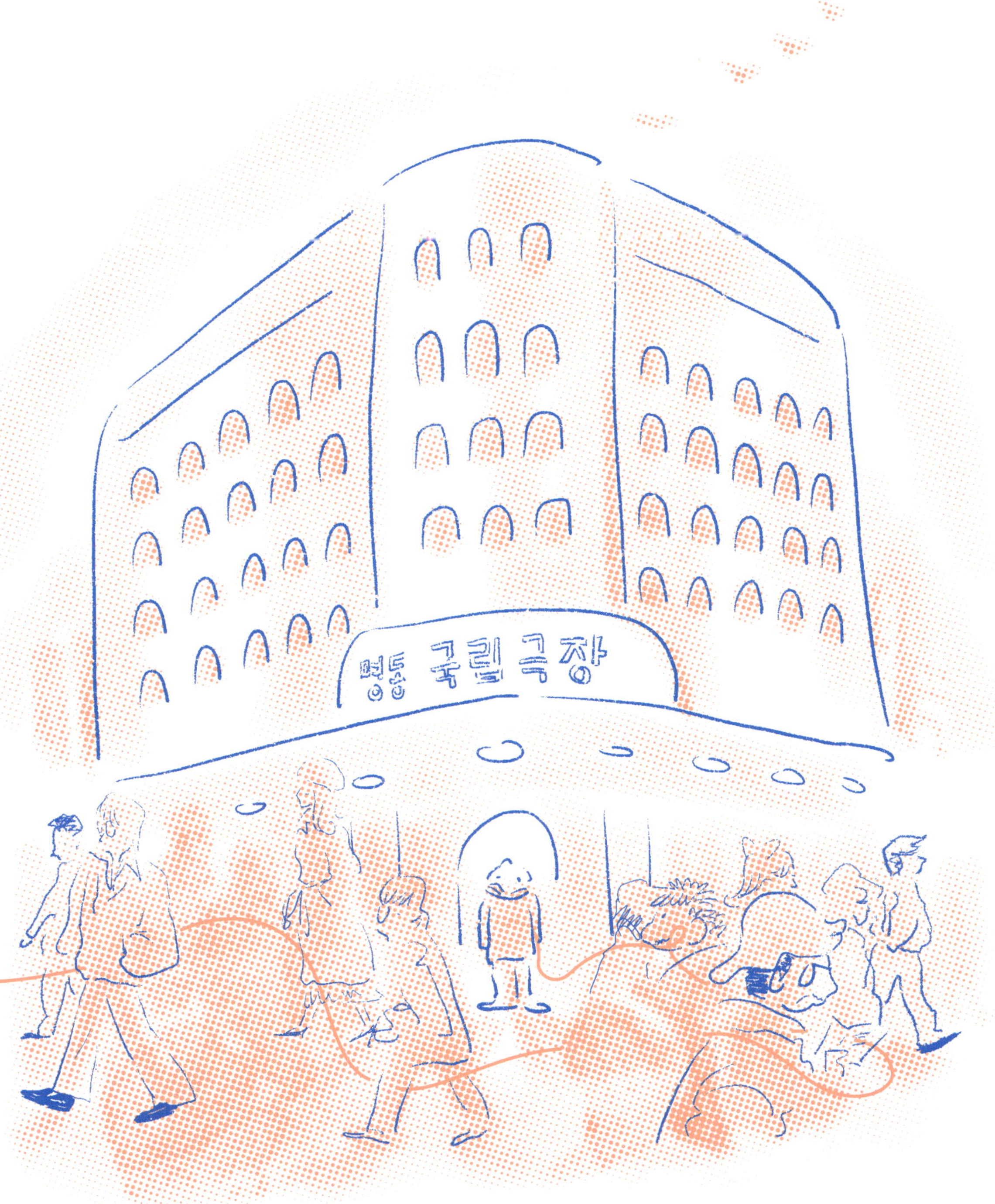

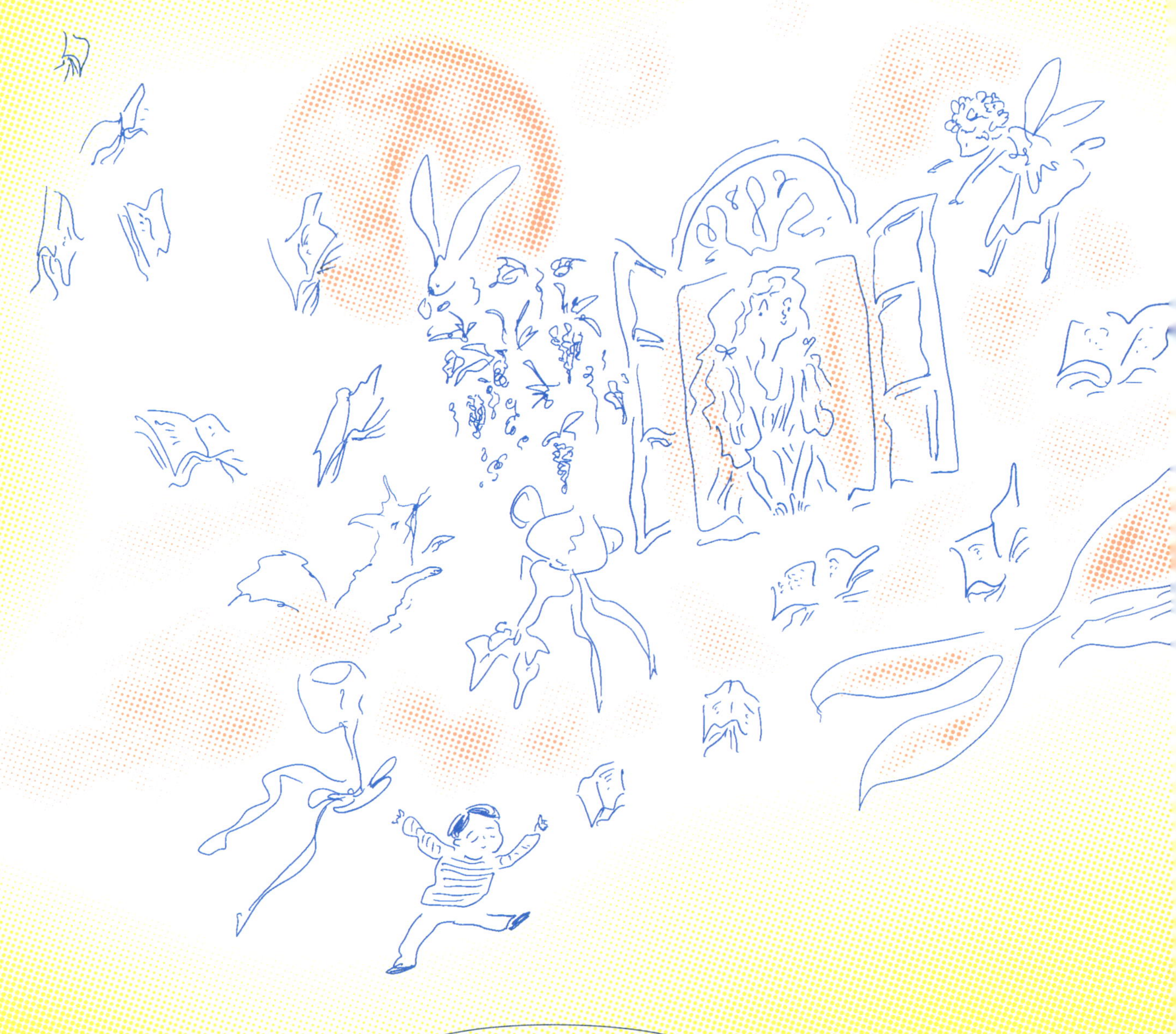

연출자와 선배 배우들로부터 많은 것을 배우긴 했지만
내 최초의 스승님은 따로 있다. 유치원에 다니던 시절,
매주 한 편씩 동화를 들려주던 선생님이 어느 날 얘깃거리가 떨어졌는지
아이들에게 한 명씩 나와서 직접 이야기를 해보라고 하셨다.
나는 〈이솝 우화〉를 친구들에게 들려주었고, 그때부터 동화 시간만 되면
다들 약속이나 한 것처럼 나를 쳐다보기 시작했다.

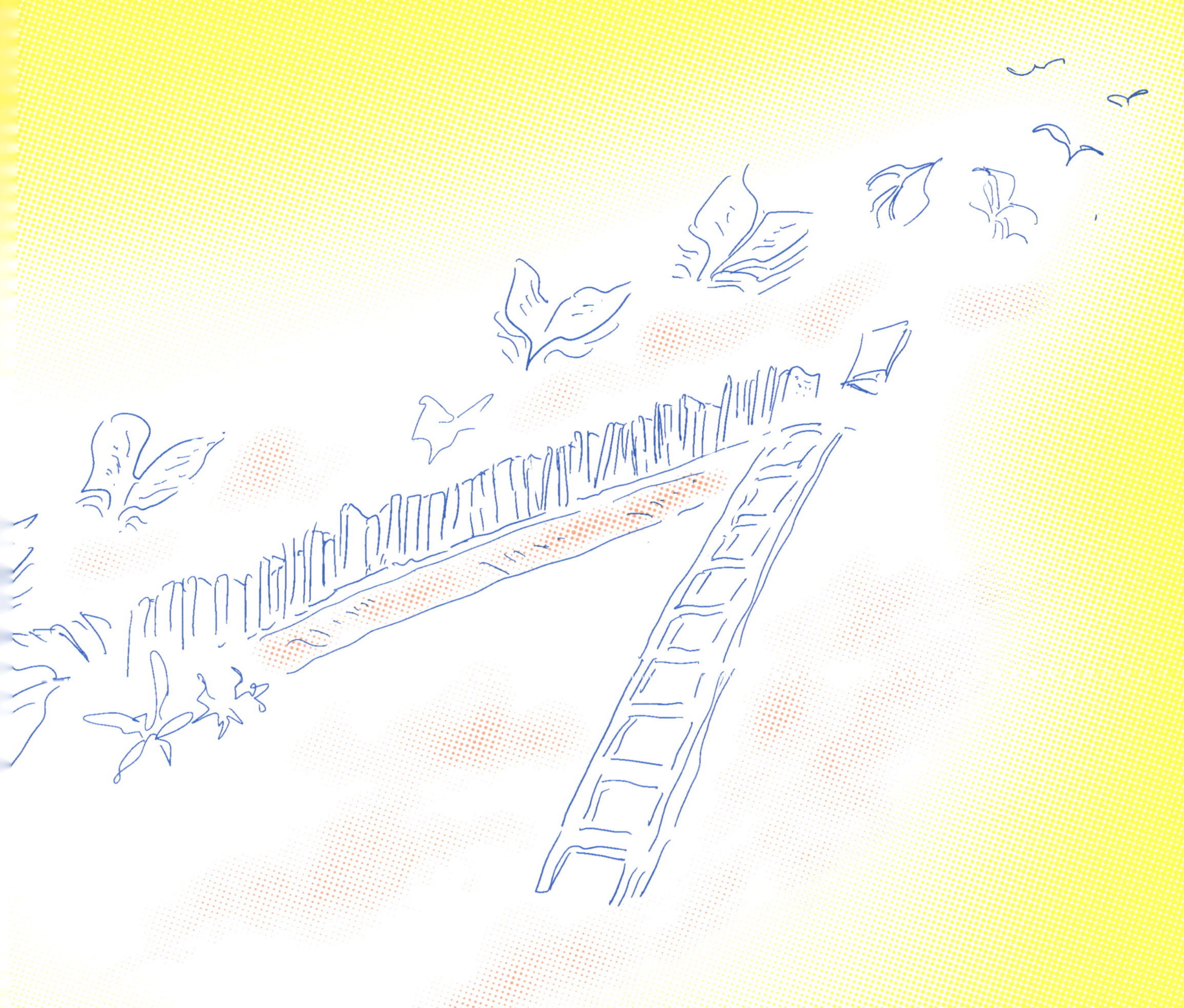

으쓱해진 나는 어떻게 하면 더 재미있고 실감 나게 할 수 있을까 궁리하며
미리 집에서 연습을 했다. 매주 엄마에게 새로운 이야기를 한 편씩 듣고,
그걸 다시 엄마 앞에서 구연하면서 부족한 부분을 다듬었다.
지금 생각해보면, 동화 구연을 하면서 나름대로 연기를 했던 것 같다.
나의 첫 연기 스승은 다름 아닌 어머니였던 셈이다.

1972 · 전설적 드라마 〈여로〉

중3 때인 1971년에 TBC 드라마 〈아씨〉에 출연한 데 이어,
고1이던 1972년에는 전설적 드라마인 KBS의 〈여로〉에 출연했다.
1주일 분량을 하루에 녹화했는데, 편집장비가 열악했던 시절이라서
중간에 NG가 나면 처음부터 다시 찍어야 했다.
일일드라마의 대본을 직접 쓰면서 연출까지 맡았던 이남석 선생님은
천재라는 말로도 부족한 초인이었던 것 같다.

방송사에 길이 남을 명작이지만 지금 남아 있는 영상은 겨우 2~3분 분량밖에 없다.
장욱제 선생님이 연기했던 바보 영구가 헤어졌던 '색시' 분이를 찾고 기뻐하는 장면인데,
작품의 클라이맥스 부분이라는 게 그나마 다행이다.

〈여로〉의 방영 시간이 되면 온 나라의 길거리가 한산해졌다.
TV가 있는 집에는 온 동네 사람들이 몰려들었고,
길거리 전파사 앞에도 사람들이 모여들어 소리도 들리지 않는 브라운관을 주시했다.
심지어 극장에서도 영화 상영을 잠시 중단하고 로비에서 〈여로〉를 틀었을 정도였다.

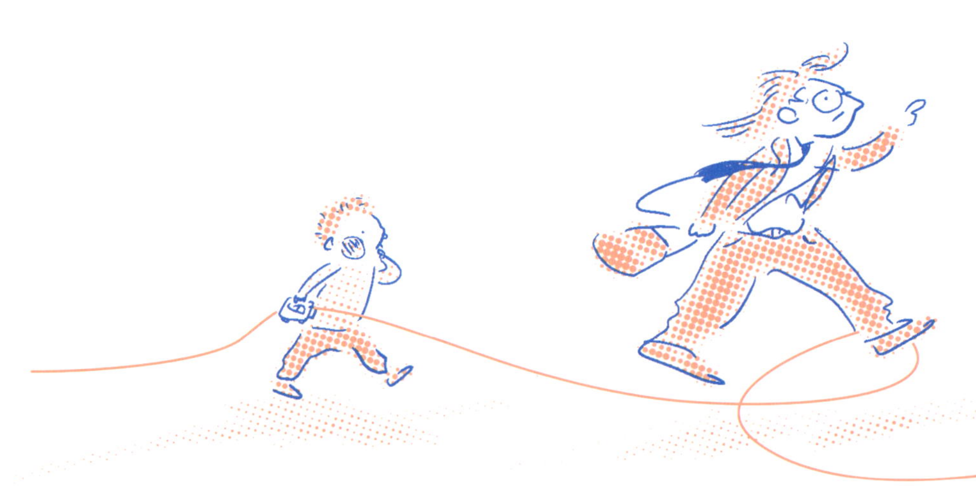

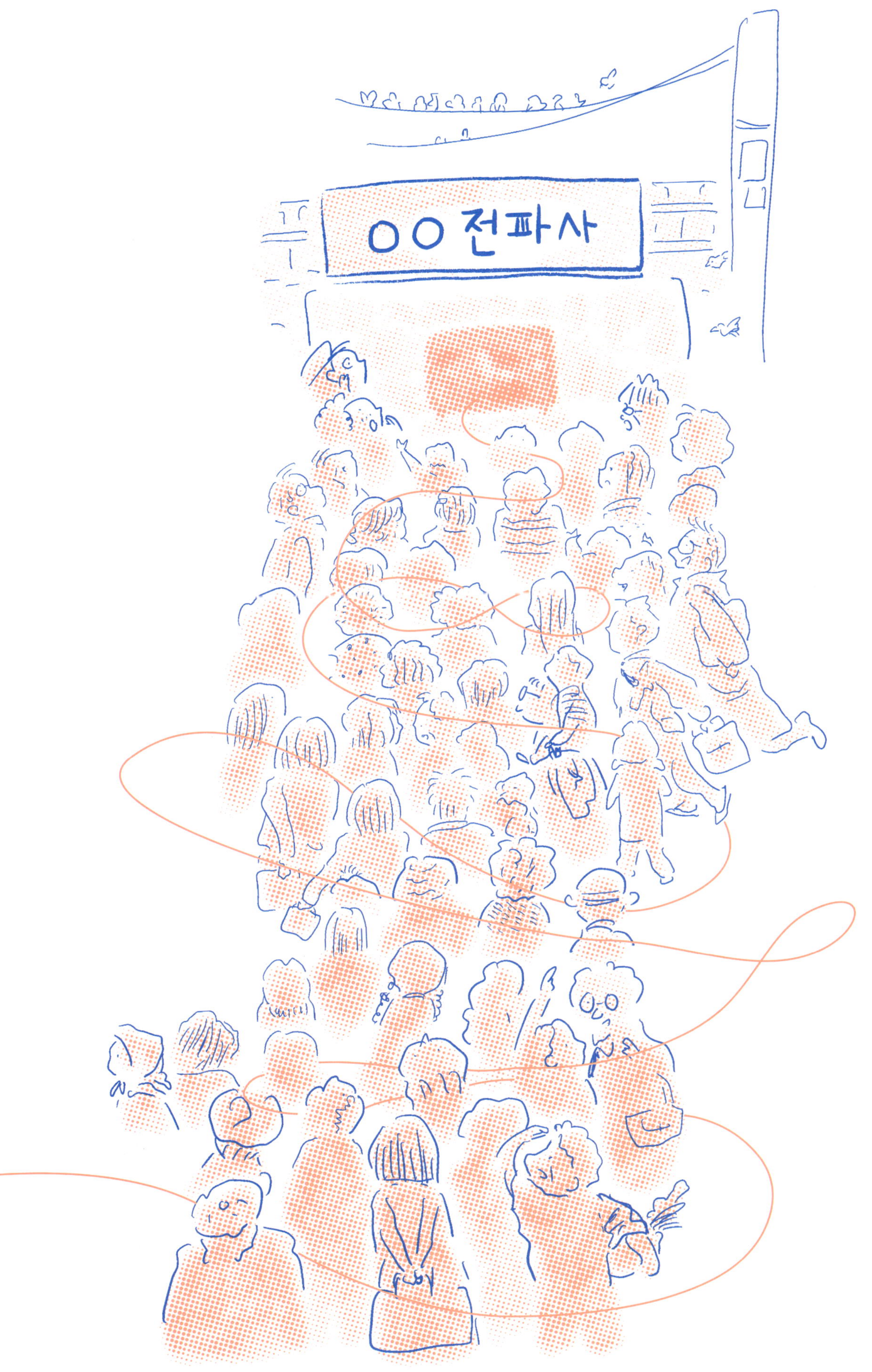
○○ 전파사

〈여로〉를 시작하고 얼마 뒤, 휘문고등학교에 입학해서 방송반에 들어갔다.
연극반과 방송반 중 하나를 선택해야 했는데, 당연히 들어갔어야 할 것 같은
연극반에 안 들어간 이유는 선배들이 좀 무서워 보였기 때문이다.
방송반은 한 학년에 3명밖에 안 뽑아서 그랬는지
군기도 별로 세지 않고 선배들도 젠틀해 보였다.

그때 방송반 동기였던 한 친구는 심상치 않은 외모와
더 심상치 않은 재능을 갖고 있었는데 아니나 다를까,
훗날 우리나라 최고의 앵커가 되었다. 그 친구의 이름은 손석희다.

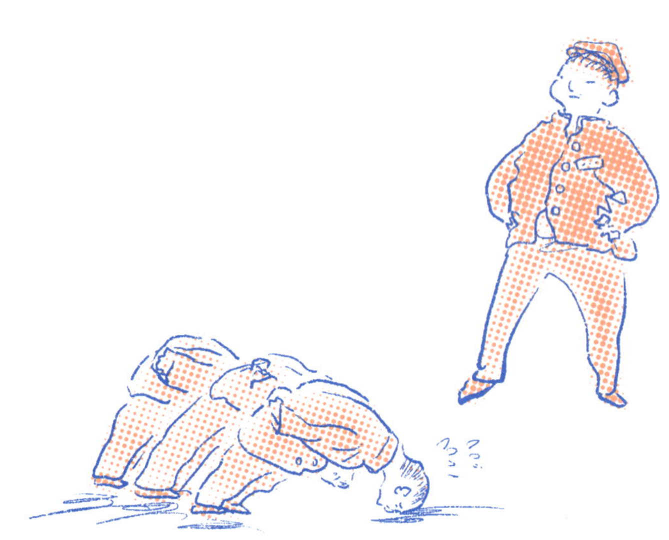

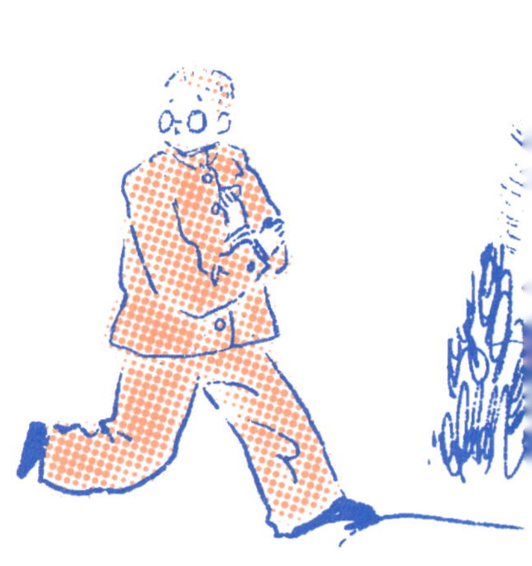

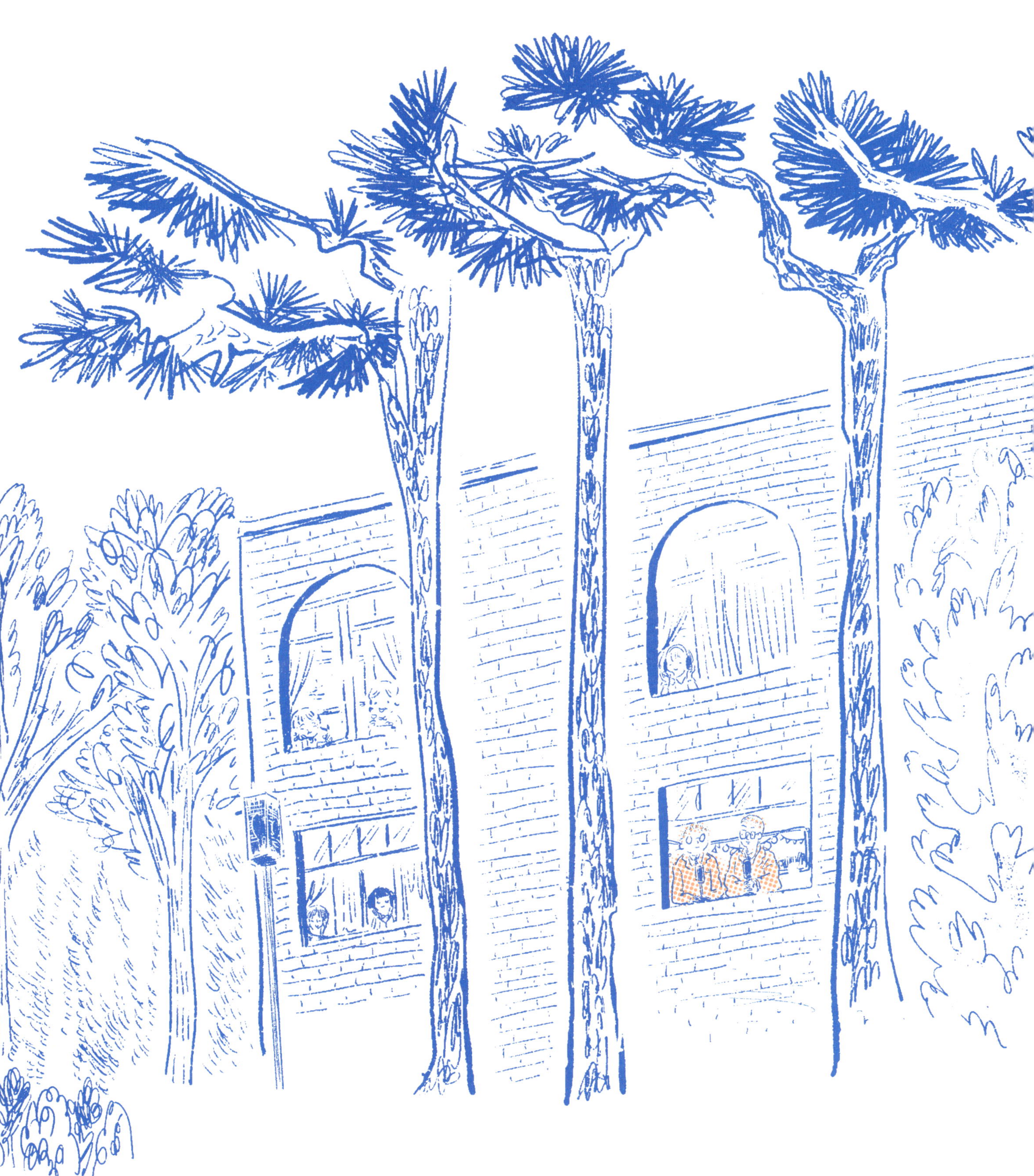

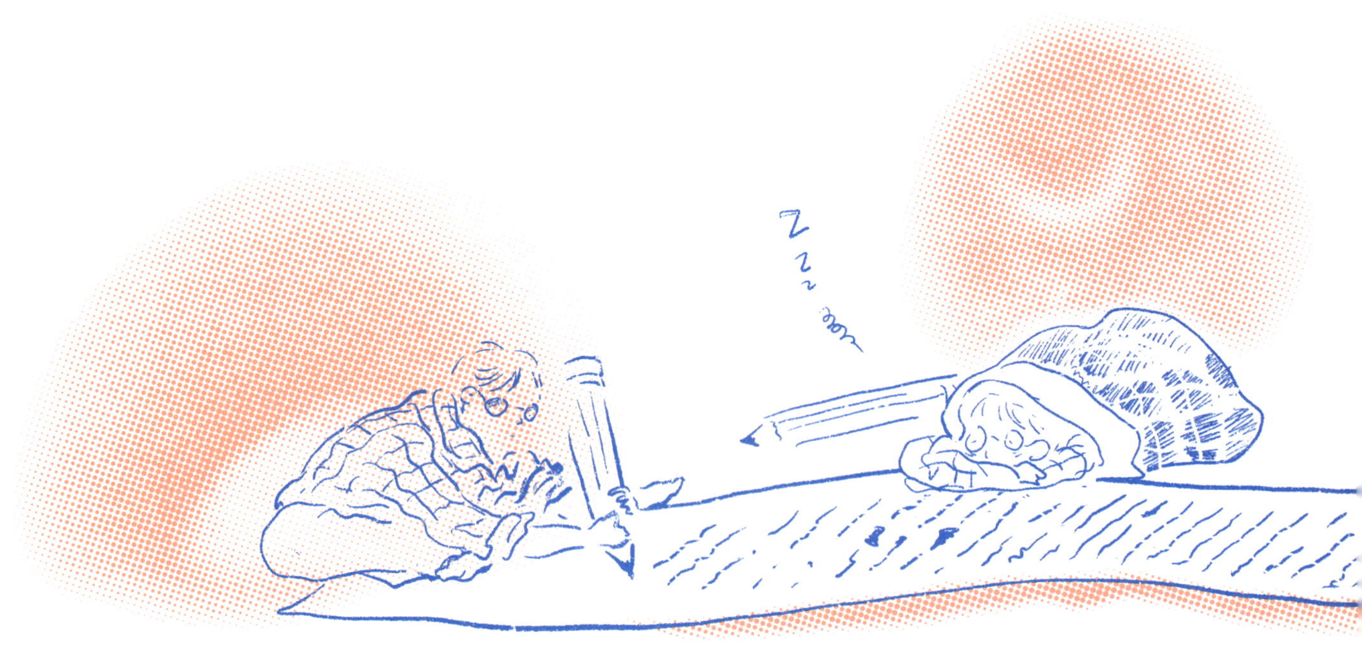

고2부터 재수 때까지는 입시에 집중하느라 연기를 중단했다.
정확히 말하면, 연기는 그만하고 얼른 대학을 졸업한 뒤에 취직을 할 생각이었다.
아버지가 사업에 실패하고 병환으로 쓰러지시면서 집안 형편이
굉장히 어려워졌기 때문이다. 하지만 1976년 한국외대 아랍어과에 입학한 뒤
다양한 연극과 영화를 보면서 연기에 대한 갈망이 다시 꿈틀거리기 시작했다.
대학에 입학한 뒤로 여러 곳에서 출연 섭외가 계속 들어오고 있던 상황이기도 했다.

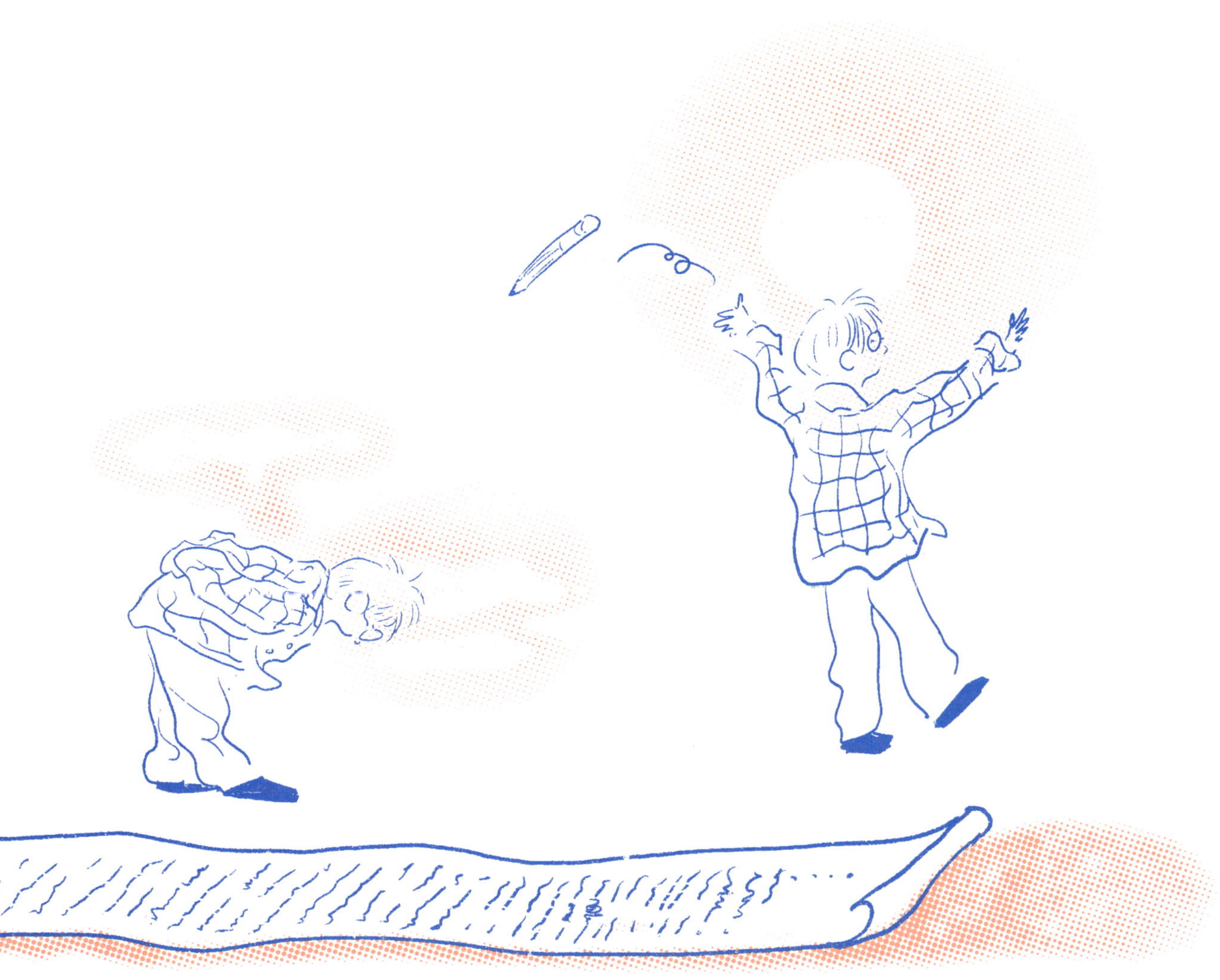

당시 노트를 펼쳐놓고 양쪽 페이지에 〈연기를 하면 좋은 점〉과 〈나쁜 점〉을 나열해가며
선택을 고민했던 게 생각난다. 장점에는 '하늘이 주신 재능'과 '만족도' 등이,
단점에는 '불안한 직업'과 '불규칙한 수입' 등이 적혔다. 쉽지 않은 선택이었지만,
연기라는 게 신이 내게 주신 재능이라면 그걸 살리는 게 더 현명할 것 같았다.
연극에 주력하면서 가끔 드라마나 영화에 출연하면 경제적 문제는 어느 정도
해결할 수 있을 거라는 현실적 판단도 있었다. 결국 내 발로 대학교 연극부를 찾아갔다.

아랍어과에 진학했던 이유는 당시 한창이던 '중동 붐' 때문이었다.

하지만 다시 연기를 하기로 결심한 내게 그런 건 아무런 의미가 없었다.

매일매일 강의실이 아닌 연극부 연습실로 등교했고, 결국 2학년 1학기를 끝으로 중퇴했다.

그러나 뭔가의 끝은 또 다른 뭔가의 시작이기도 했다.

학교에서 나오자마자 신촌에 있는 '극단 76'에 들어갔다. 첫 출연작은 사무엘 베케트의

〈마지막 테이프〉라는 모노드라마였고, 그다음 작품은 페터 한트케의 〈관객모독〉이었다.

그러는 동안 새로운 꿈이 생겨났다.

카튜사였던 친구를 따라 미8군 캠프에 외국영화를 보러 다니면서,
뮤지컬 제작을 한번 해보고 싶다는 생각이 들었던 것이다. 어쩌면 무모하고 어쩌면 용감한,
그러나 너무나도 강렬한 유혹이었다. 결국 1978년에 주머니를 탈탈 털어
〈LUV〉라는 뮤지컬을 제작했다. 고교 선배였던 '4월과 5월'의 백순진 형에게 작곡을 부탁했고,
외대 연극부 시절부터 알고 지냈던 이대 무용과의 김명수 씨에게 안무를 맡겼다.
각색, 연출, 제작을 모두 내 손으로 해낸 그 작품은 꽤 성공적이었다.
그때 내 나이는 만으로 스물한 살이었다.

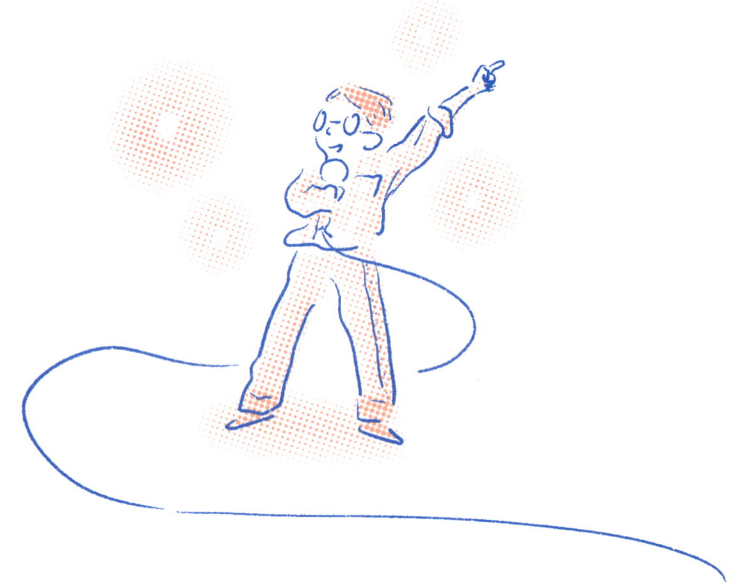

2대 독자였던 나는 1980년에 6개월 방위로 군복무를 했다. 훈련소에서 나오자마자
국군영화제작소에 차출되어 군 영화에 출연했는데, 이등병 시절의 첫 역할이 무려 대위였다.
제대를 하자마자 일이 쏟아져 들어오기 시작했다. 1981년에 왕영은 씨와 함께
KBS 〈젊음의 행진〉 MC를 맡아 폭발적인 시청률을 기록했고,
KBS 라디오 〈밤을 잊은 그대에게〉의 DJ를 맡아 '지적인 심야 프로'의 이미지를 만들어냈다.

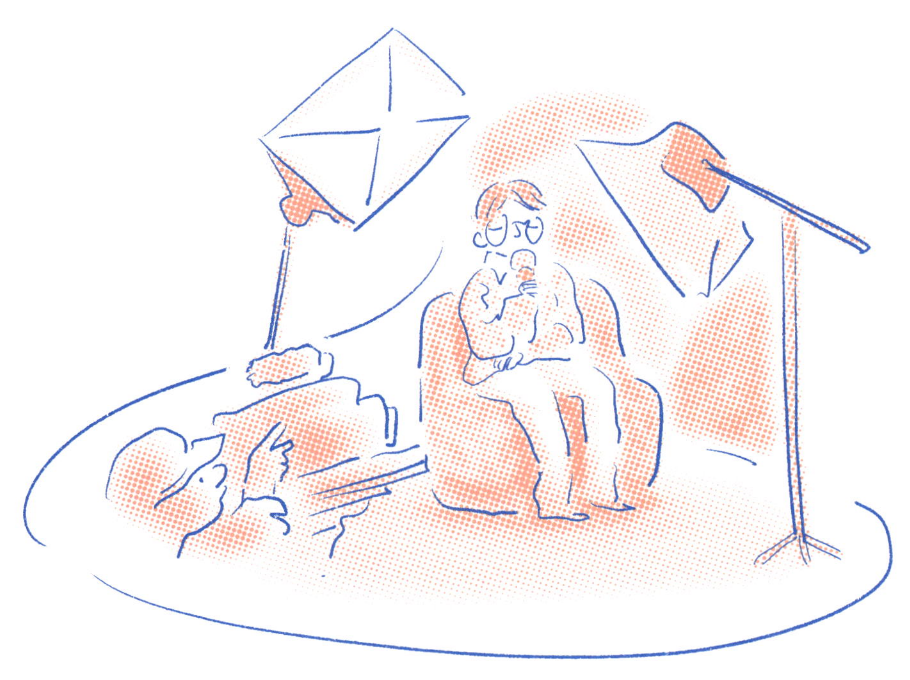

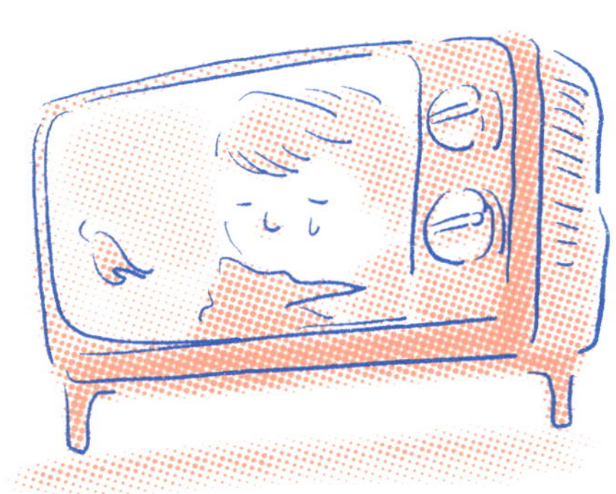

본업인 연기노 게을리하지 않았다. '시청률 제조기'로 불리던 김수현 선생님의
일일드라마 〈사랑합시다〉(1981~1982)를 통해 전국의 시청자들에게 얼굴을 알렸고,
훌륭한 원작과 정교한 연출로 영화보다 더 큰 인기를 누리던 〈TV문학관〉에도 여러 번 출연했다.
1981년에는 연극 〈에쿠스〉의 앨런 역으로 백상연기상을 받았고, 이후에도 〈유리동물원〉〈아마데우스〉 같은
화제작에 잇달아 출연했다. 이 모든 일들이 1981년부터 1985년까지 불과 5년 사이에 일어났다.
내 인생에서 가장 바쁘고 가장 화려했던 시절이었다.

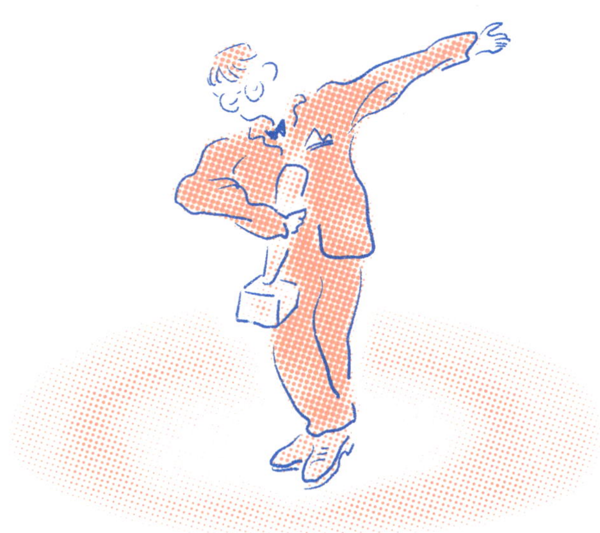

1983년 3월 20일, KBS 공개홀에서 〈젊음의 행진〉 생방송이 진행되고 있었다.
마지막 출연자인 록그룹 송골매가 무대에 올라왔고,
클로징 멘트를 이미 끝낸 나는 대기실로 향했다. 그 순간,
배철수 씨가 첫 소절을 부르기 위해 마이크를 잡다가 갑자기
나무토막처럼 뻣뻣하게 굳은 채 마이크를 움켜쥐고 쓰러졌다.
방송 사상 초유의 감전 사고였다.
상황을 간파한 AD(조연출)가 번개처럼 달려와 마이크를 걷어찼다.
뒤이어 몇몇 스태프들이 쓰러진 배철수 씨에게 달려들었다.
영문을 몰라 잠시 어리둥절하던 관객들이 일제히 비명을 질러댔고
현장은 순식간에 아수라장이 되었다. 나는 황급히 무대로 다시 뛰어나가
"배철수 씨가 감전된 것 같습니다. 방송을 마치겠습니다"라고
떨리는 목소리로 예정에 없던 즉석 멘트를 했다.
이 모든 장면들이, 심지어 배철수 씨가 축 늘어진 채
실려 나가는 장면까지 고스란히 전국에 생중계되었다.
다행히 배철수 씨는 무사했다. 나중에 들은 얘기로는 넘어지면서
머리에 난 상처로 전류가 흘러 나갔고, 그 덕분에 목숨을 구했다고 한다.

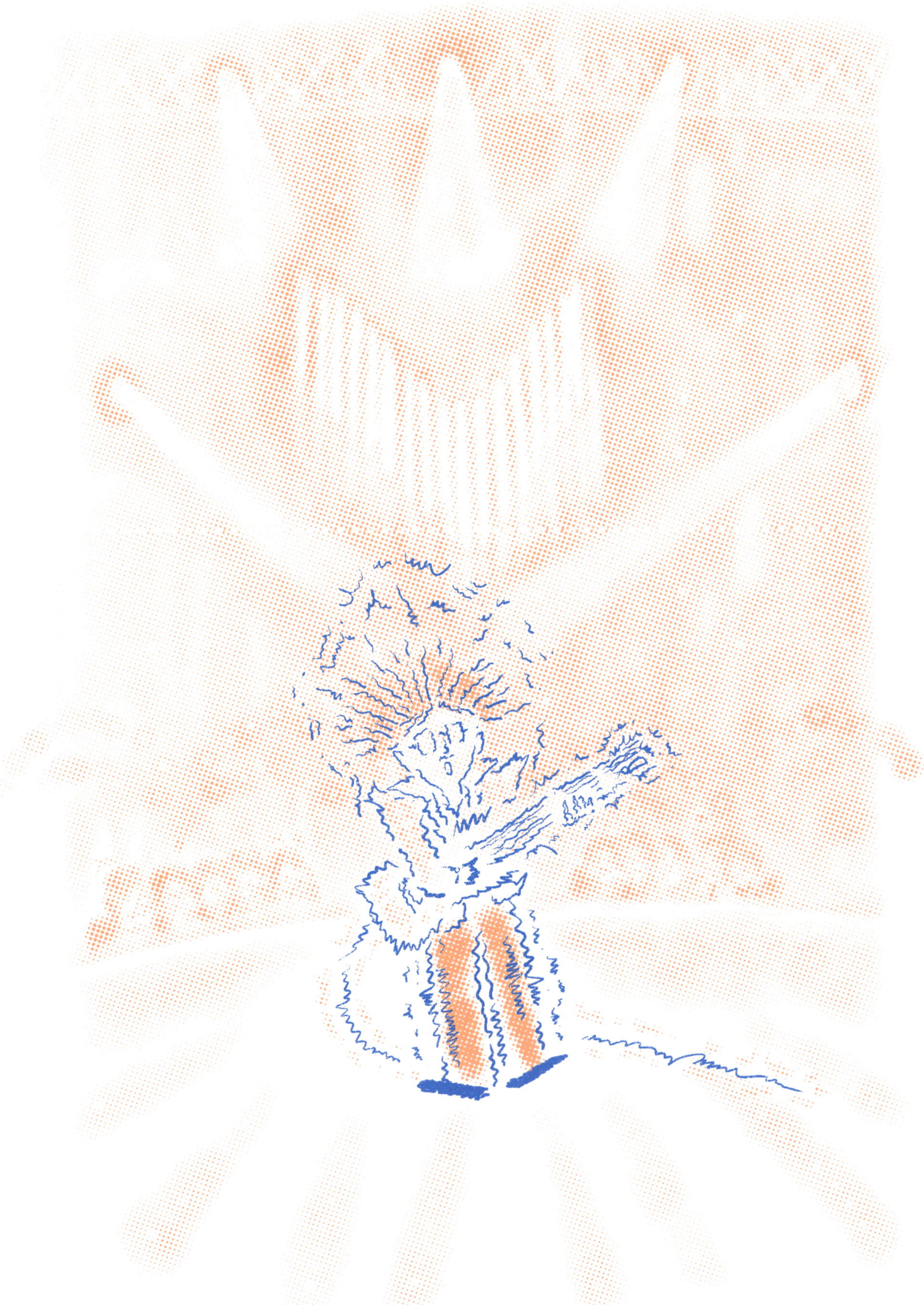

하루를 3일같이

당시에는 소속사라는 시스템이 거의 없었고 전문적인 매니저도 없었다.

쏟아지는 출연 섭외를 모두 나 혼자 협의하고 결정하고 관리했다.

그런데 영화, 연극, 드라마, 쇼 MC에 라디오 DJ까지

수많은 일정들을 소화하려니 시간이 너무나 부족했다.

궁리 끝에 찾아낸 해결책이 바로 '하루를 3일같이'였다. 가령 4월 15일이라면 15-1(오전),

15-2(오후), 15-3(밤)으로 하루를 3등분해서 아침엔 영화 촬영, 오후엔 드라마 녹화,

밤에는 연극 연습과 라디오 진행을 하는 식이었다. 그렇게 한 달을 90일로 쪼개서

스케줄 관리를 하니까 일이 한결 수월해졌고, 중간에 가끔 '휴일'도 생겼다.

그래봐야 하루의 1/3에 불과한 것이었지만.

수면 시간은 길어야 서너 시간 정도였다. 끼니는 늘 김밥 아니면 샌드위치였다.

대본도 운전하면서 봐야 했다. 핸들 위에 대본을 올려놓고 빨래집게로 고정한 다음,

신호대기 때 조금씩 읽고 운전하면서 외웠다.

20대 청춘 시절이 그렇게 흘러갔다.

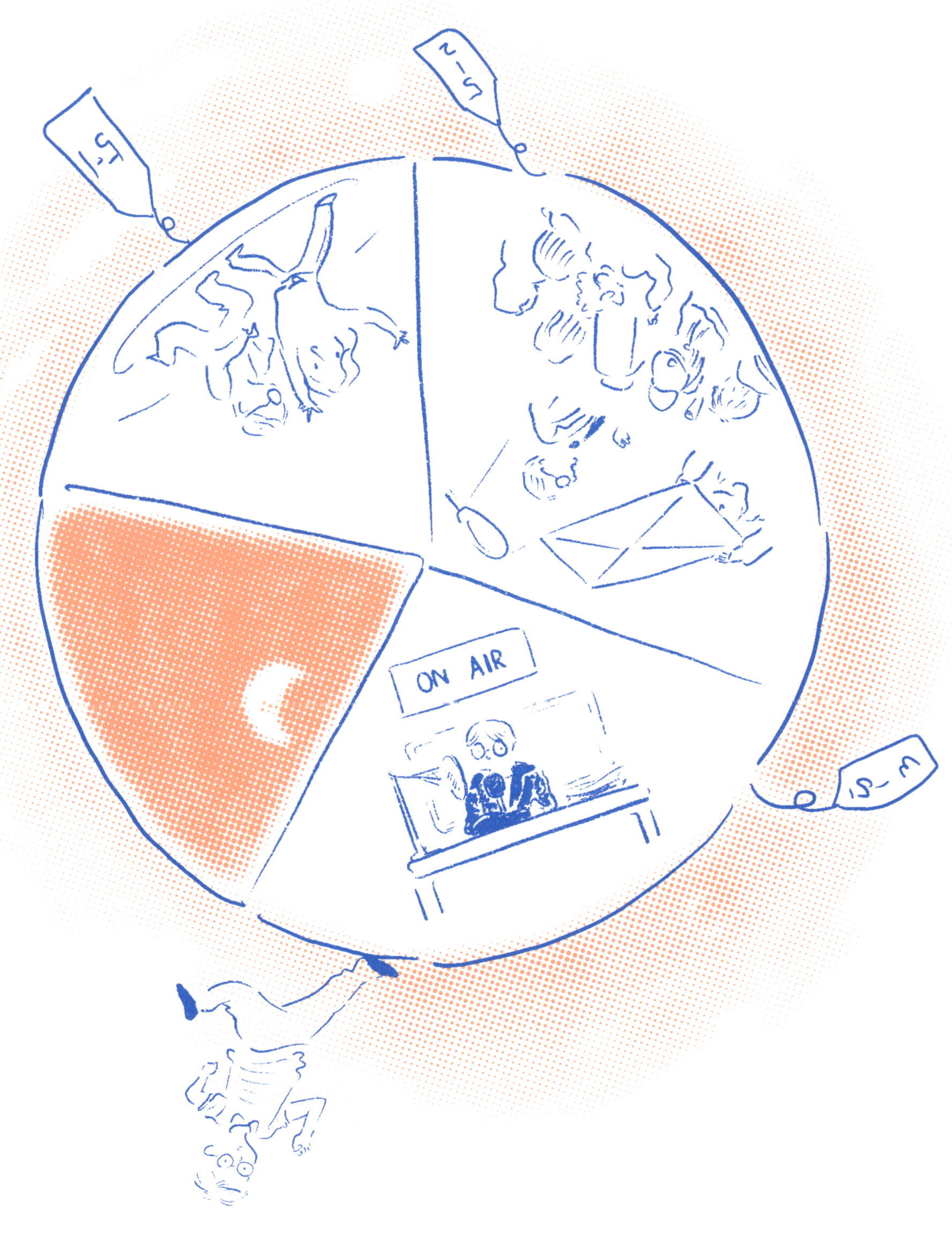
ON AIR

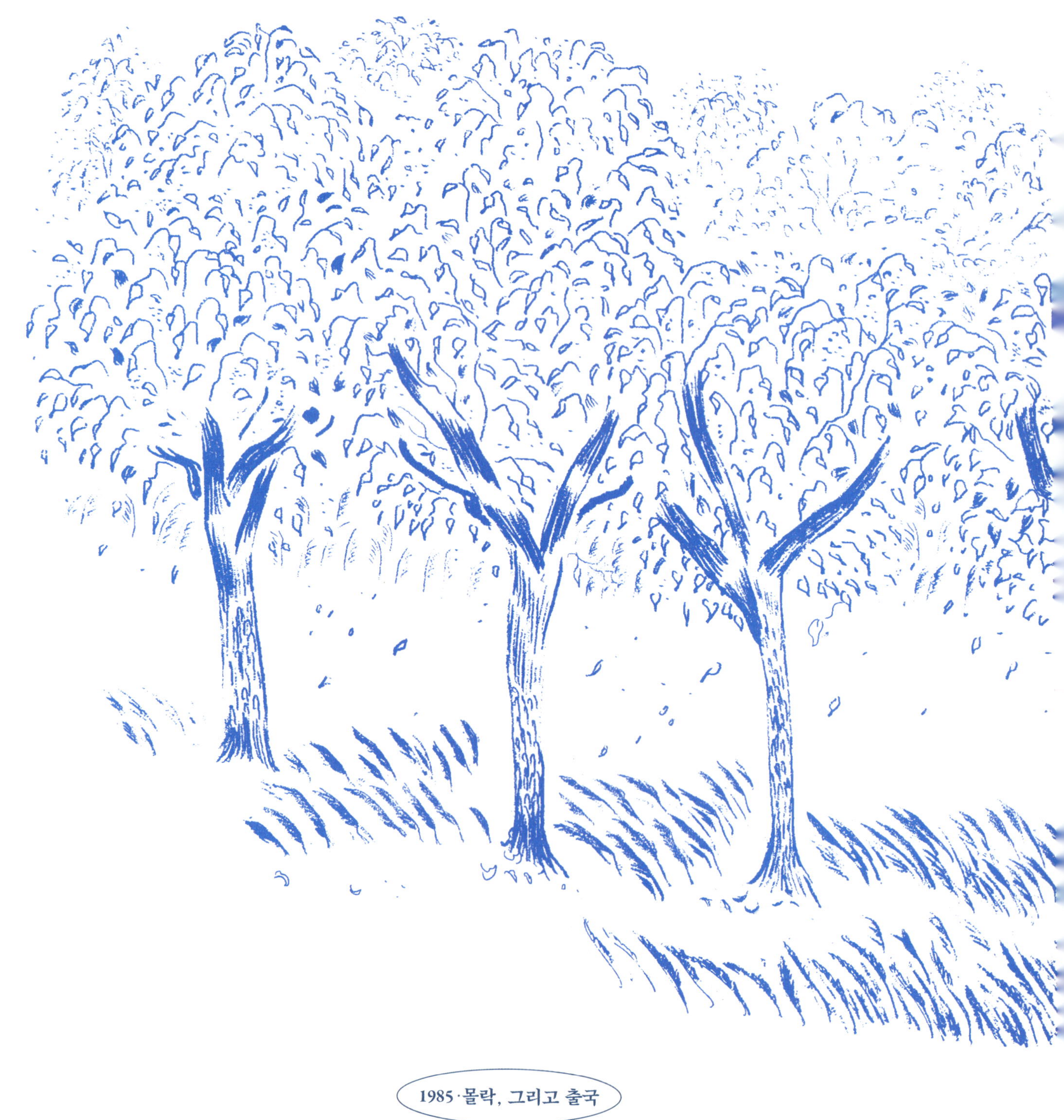

1985년, 아버지의 사업 실패와 병환으로 집안이 기울자 어머니가
이런저런 일을 시작하셨지만 오히려 빚만 더 커지는 상황이 되었다.
몇 년간 내가 벌어들인 적지 않은 돈이 하루아침에 신기루처럼 사라졌고
가족들은 뿔뿔이 흩어졌다. 나는 친구 집의 방 한 칸을 얻어 지친 몸을 간신히 뉘었다.
모든 게 허망하고 부질없게 느껴졌다.

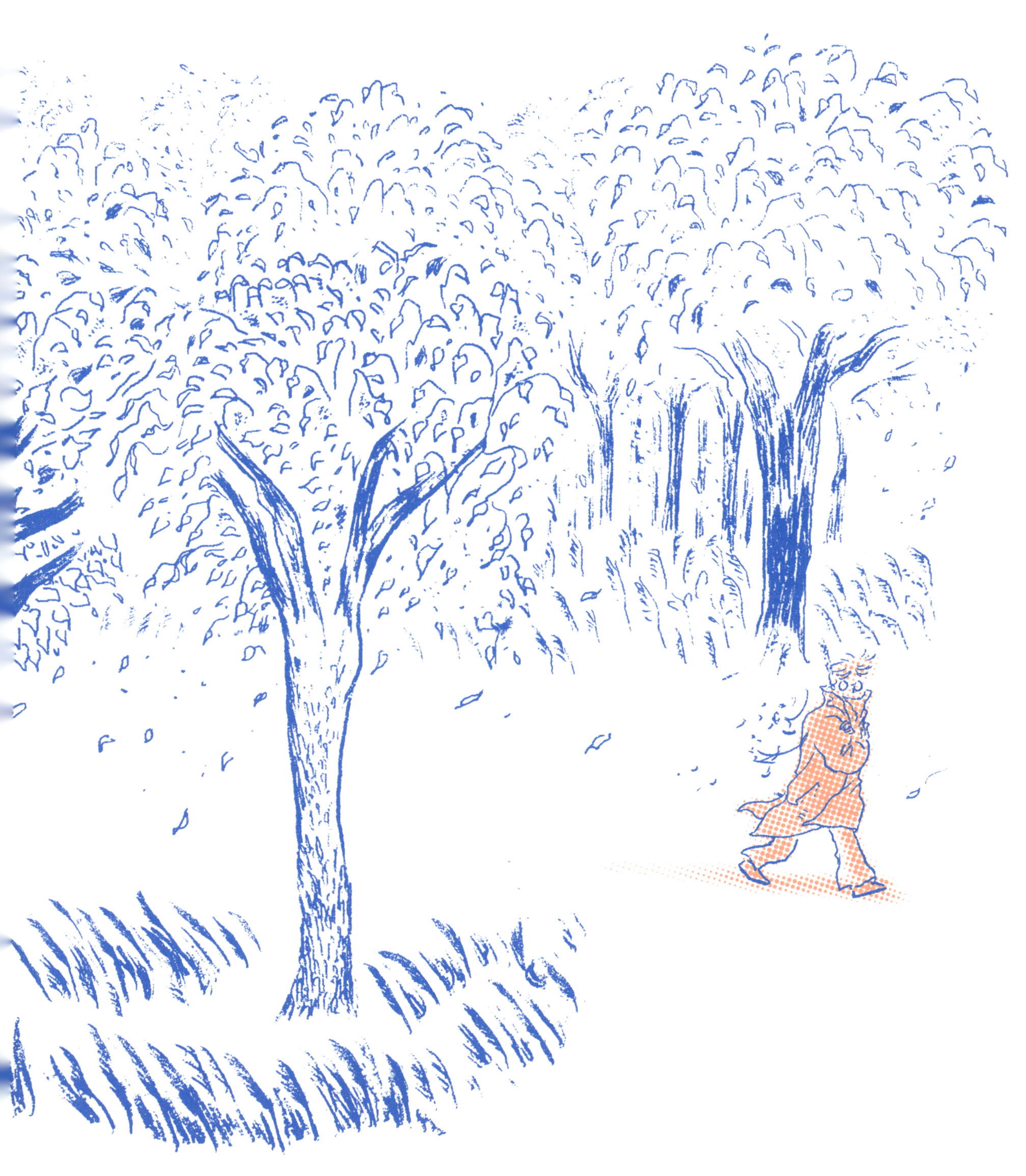

어둠 속에서 스스로에게 묻고 또 물었다. 계속 이렇게 살아야 할까?

그동안 내 삶을 지나치게 소비해온 건 아닐까?

이런 시간들이 과연 내 인생에 득이 될까?

긴 고민 끝에 내린 짧은 결론!

"뉴욕으로 가자!"

뉴욕은 갑작스레 떠오른 도시가 아니었다.

1983년 드라마 해외로케 이후에 혼자 불쑥 뉴욕으로 날아가 한 달간 머문 적이 있었다.

그때 브로드웨이에서 온갖 공연들을 걸신들린 듯 보러 다니면서

'이 도시에서 몇 년 살아보고 싶다'는 꿈같은 생각을 했다.

비록 경제적 파산 때문이긴 했지만, 아무튼 그 꿈이 현실이 된 것이었다.

게다가 지금은 동행해줄 사람도 있다.

그해 3월에 약혼한 나의 아내였다.

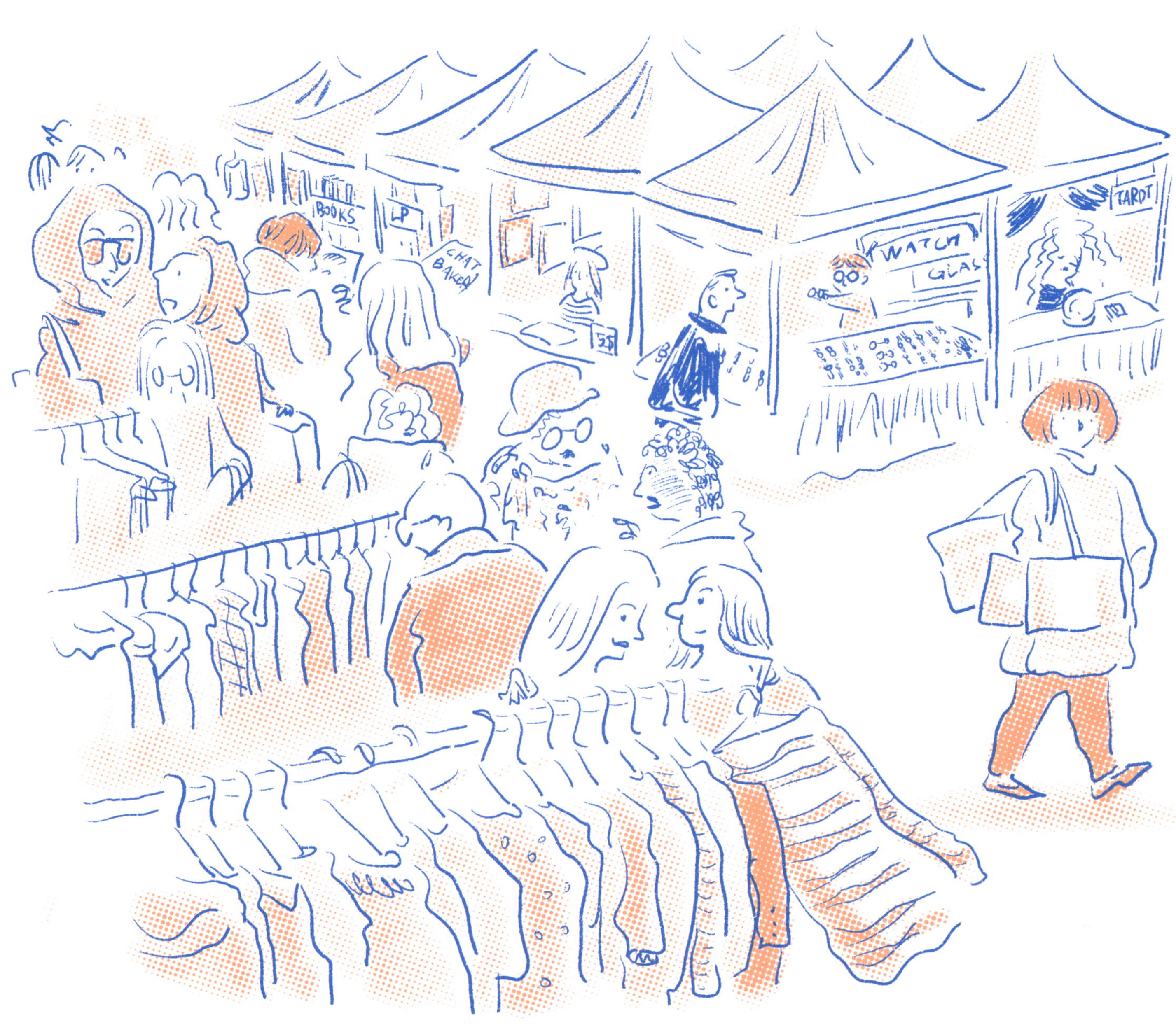

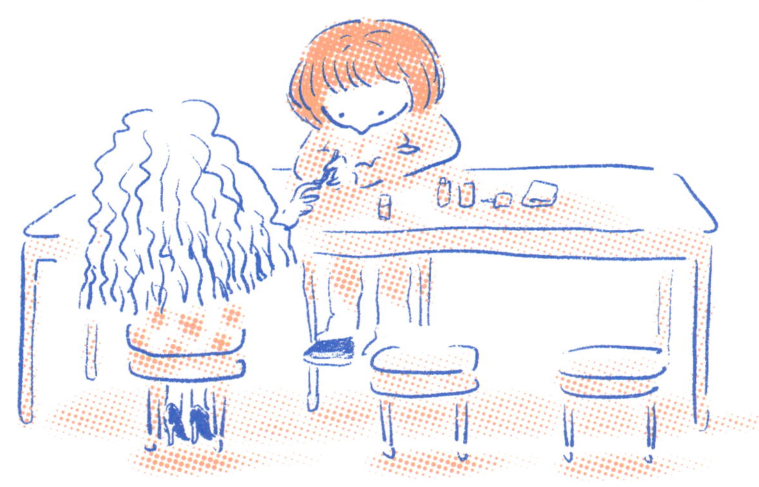

뉴욕에 머무는 동안 생계를 위해 많은 일들을 했다.
뉴욕한국방송에서 아르바이트도 했고,
주 2~3회 열리는 플리마켓에서 당시 유행하던 값싼 디지털시계를 팔기도 했다.
도매상에서 물건을 떼어다 팔았는데 부피가 작아서 좌판용으로 안성맞춤이었다.
약혼녀도 이런저런 아르바이트로 나를 도왔다.
왕년의 청춘스타 송승환은 더 이상 존재하지 않았다.

우리는 틈날 때마다 브로드웨이로 공연을 보러 다녔고 여행도 자주 다녔다.
돈이 없으면 센트럴파크 잔디밭에 돗자리를 깔고 누워서 책을 읽고
음악도 듣고 도시락도 까먹으며 시간을 보냈다.

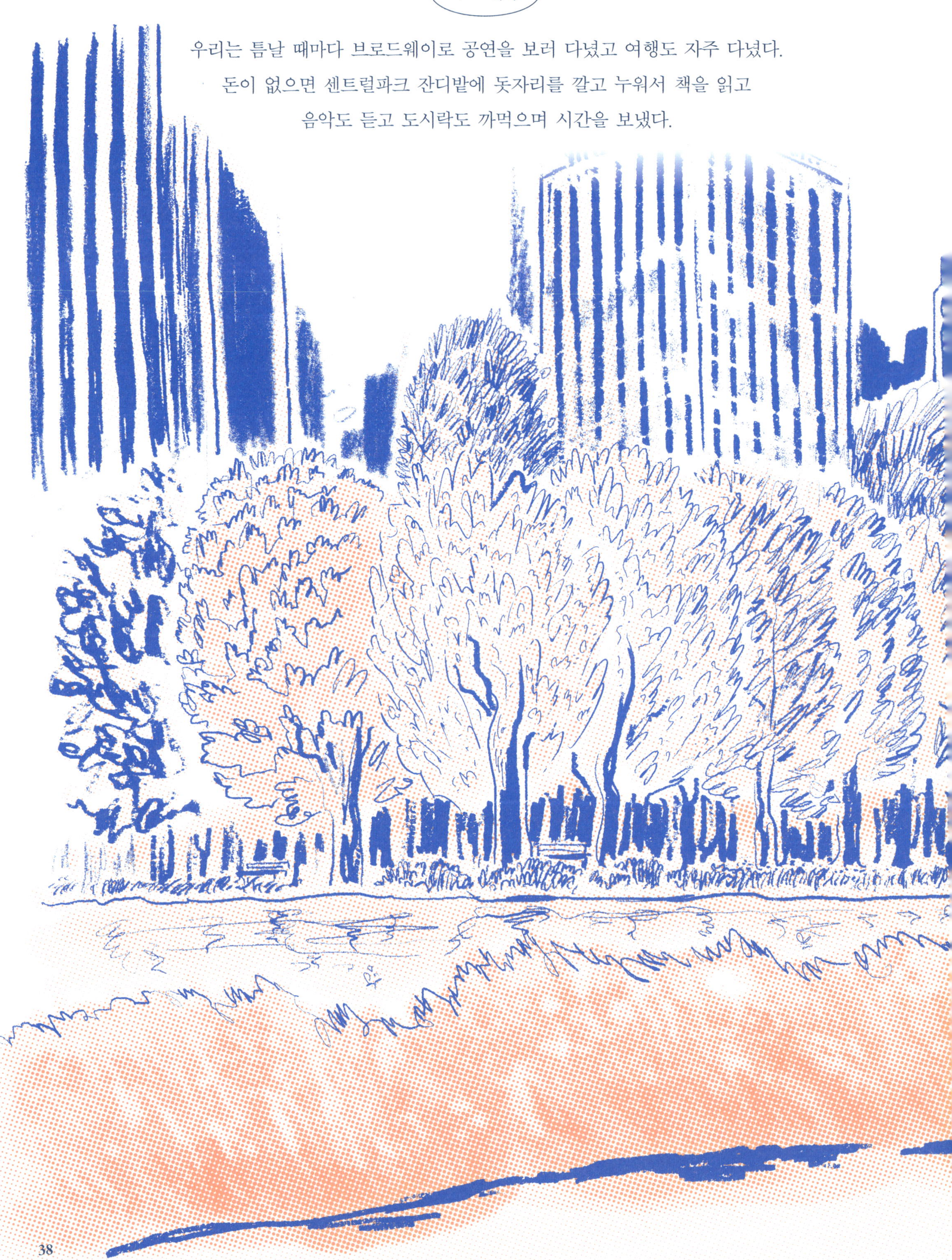

넉넉하진 않았지만 어려서부터 바쁘게만 살아왔던 나에게는 더없이 여유롭고 행복한 날들이었다.

귀국 무렵 우리의 전 재산은 달랑 5천 달러. 당시 환율로 4백만 원 정도여서 소형 아파트의
월세 보증금도 안 되었다. 그래서 그 돈으로 그냥 아내와 몇 달 유럽 배낭여행을 하고
1988년 말에 빈손으로 귀국했다. 마냥 무대책이었던 건 아니고, 몇몇 영화사와 방송국에 연락해서
출연 계약을 몇 건 해놓은 터였다. 그 계약금으로 작은 월세방을 구하고 소형차도 한 대 장만했다.

귀국 3일째 되는 날, 〈밤을 잊은 그대에게〉의 DJ로 방송에 복귀했다.

남들 눈에는 예전 생활로 되돌아간 것처럼 보였겠지만 그렇지 않았다.

귀국하기 훨씬 전부터 나는 예전과 전혀 다른 새로운 꿈을 꾸고 있었다.

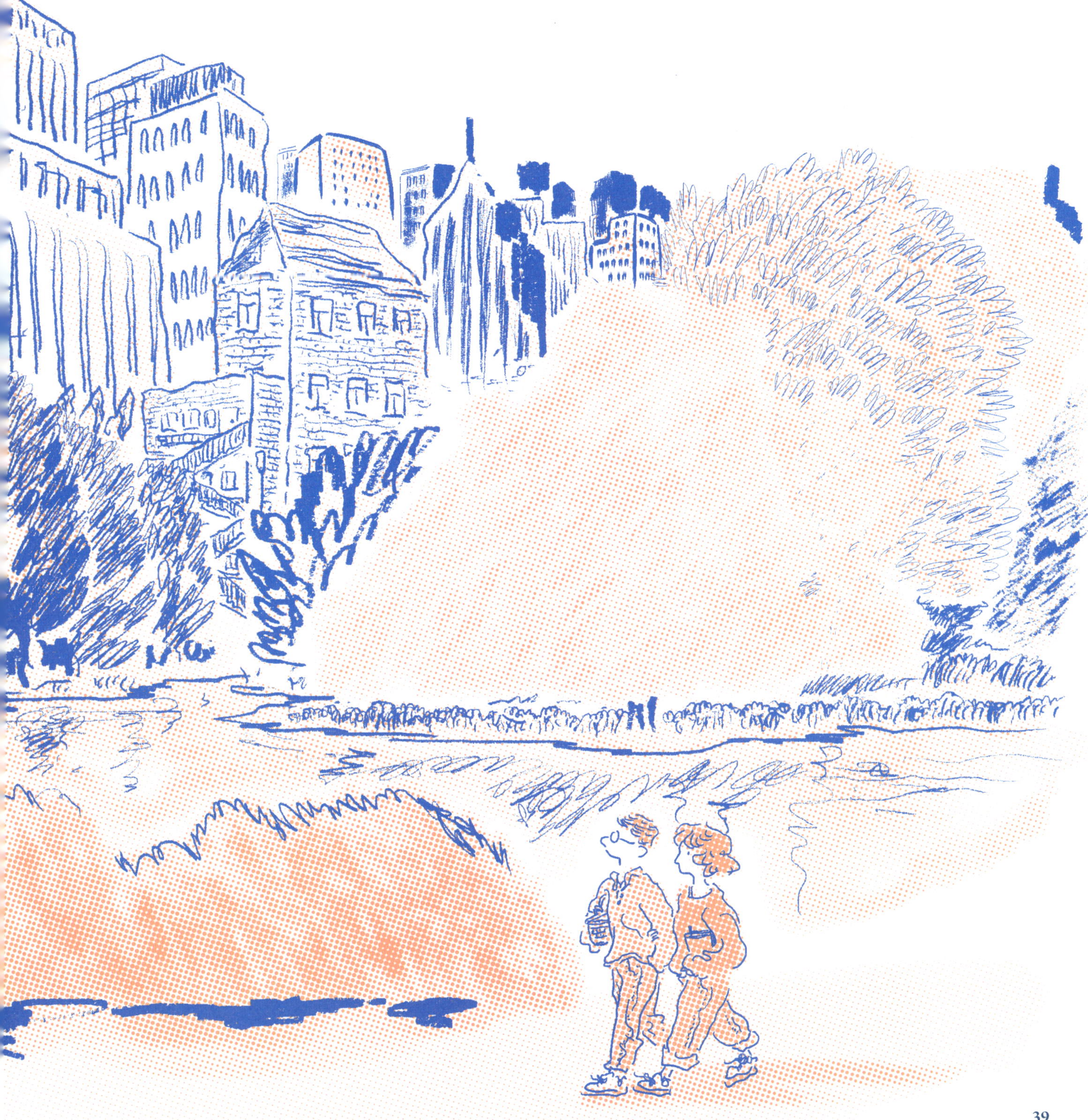

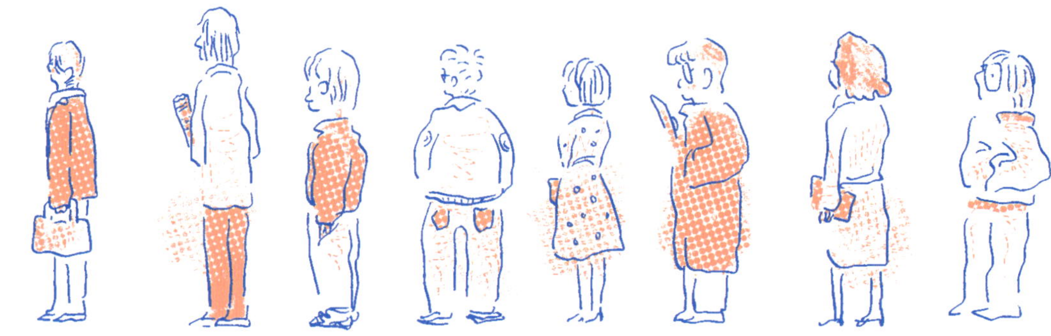

귀국 이듬해인 1989년에 '환 퍼포먼스'라는 극단을 설립했다.

전속 배우들 중심으로 공연을 진행하던

여느 극단과는 달리, 기획되는 공연에 맞춰

그때그때 필요한 배우와 스태프를 모집하는 방식이었다.

많은 단원들을 먹여 살릴 돈이 없기도 했지만,

그보다는 기존 방식의 한계를 뛰어넘는

새로운 시스템의 필요성을 절감했기 때문이었다.

사무실 구할 돈도 없어서 선배의 광고기획사

자투리 공간에 둥지를 튼 '환 퍼포먼스'가

맨 처음 한 일은 콘서트 기획이었다.

당시만 해도 가수들은 TV와 밤무대 외에는 설 공간이 마땅치 않았다.

나는 해바라기, 이승환, 변진섭, 봄여름가을겨울 같은

실력파 가수들의 콘서트를 잇달아 기획했고

매번 큰 성공을 거두었다.

책상 두 개로 시작한 '환 퍼포먼스'가

조금씩 자리를 잡아가기 시작했다.

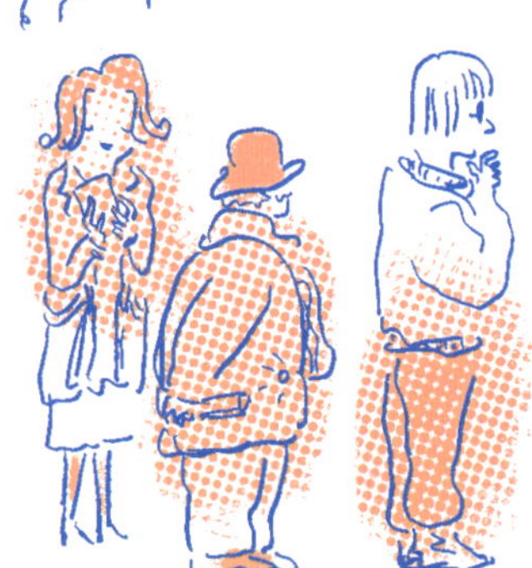
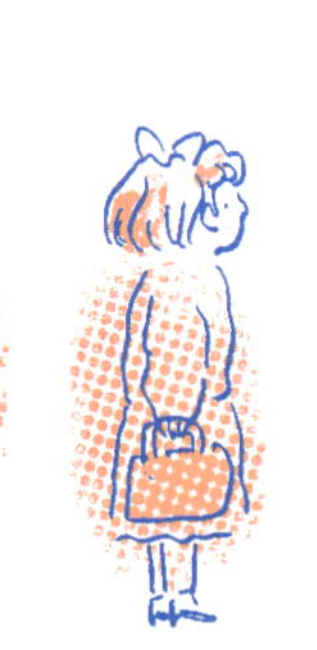
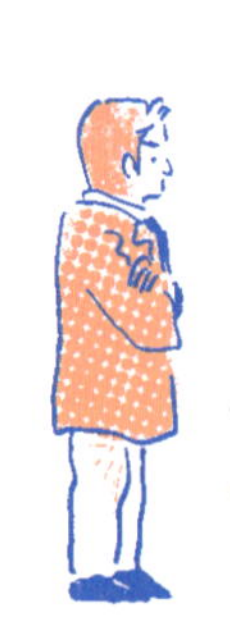
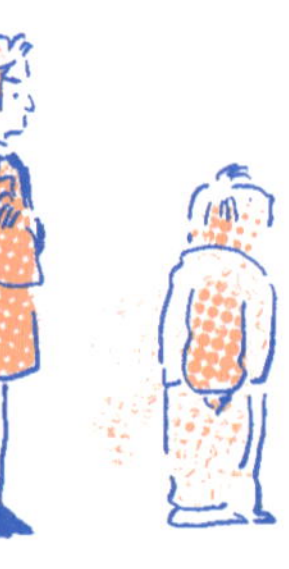
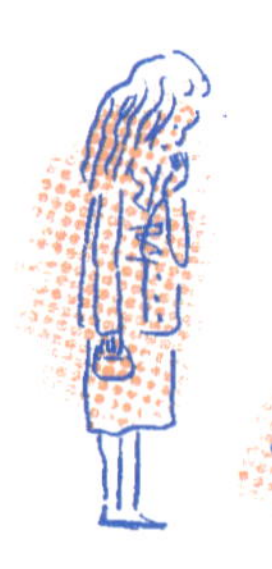
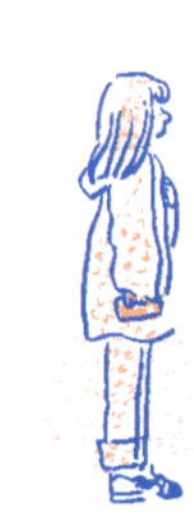
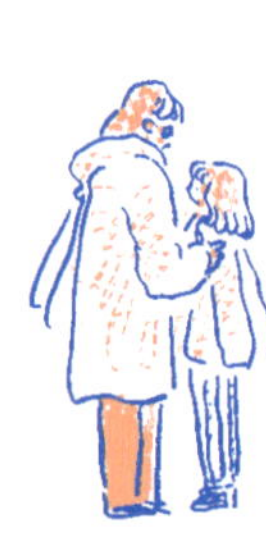
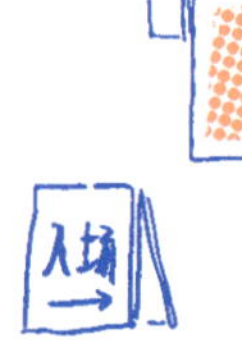

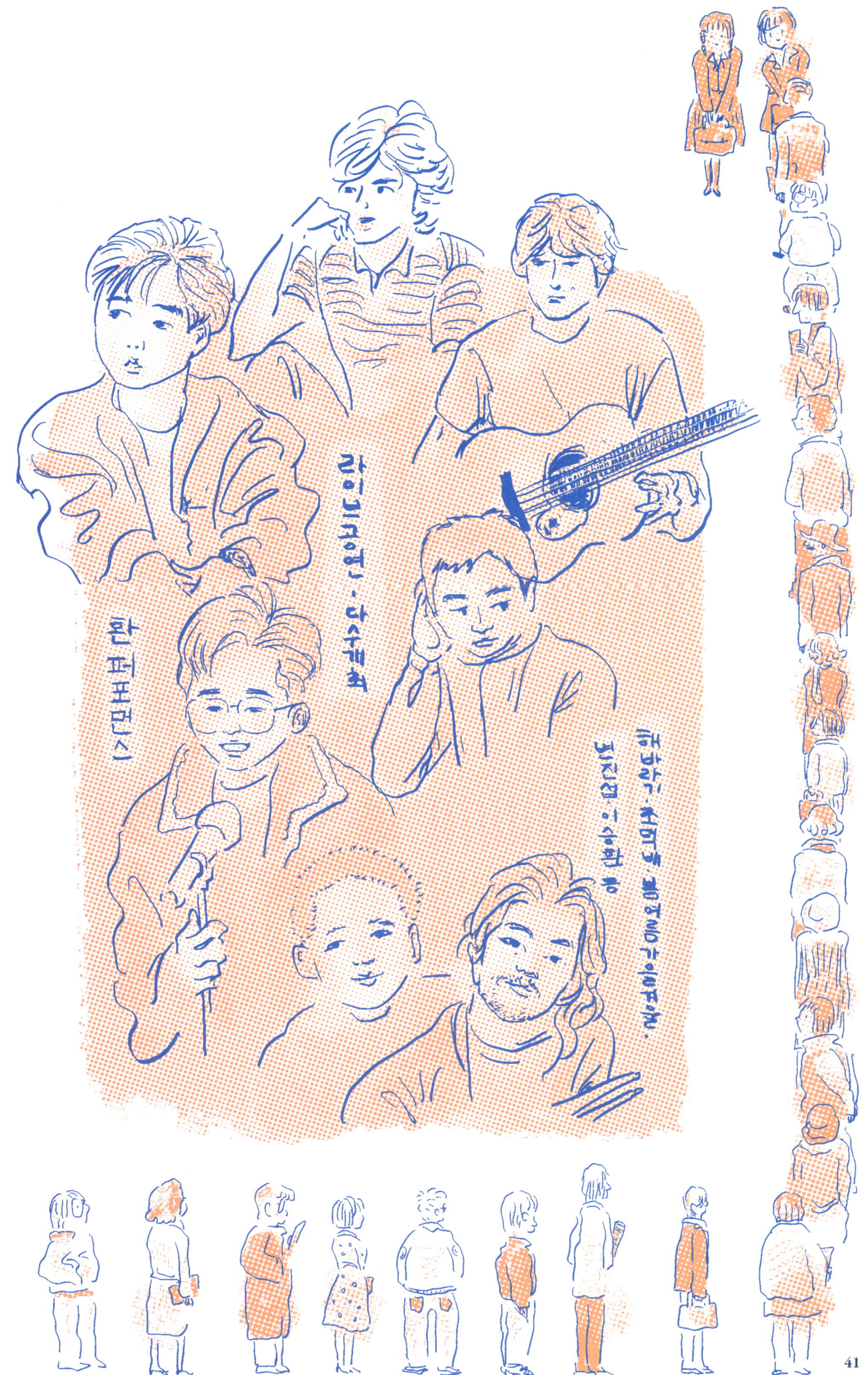
환퍼포먼스)
라이브공연·다수개최
해바라기·조덕동·페어마운가이스우.
거진섭·이승환 등

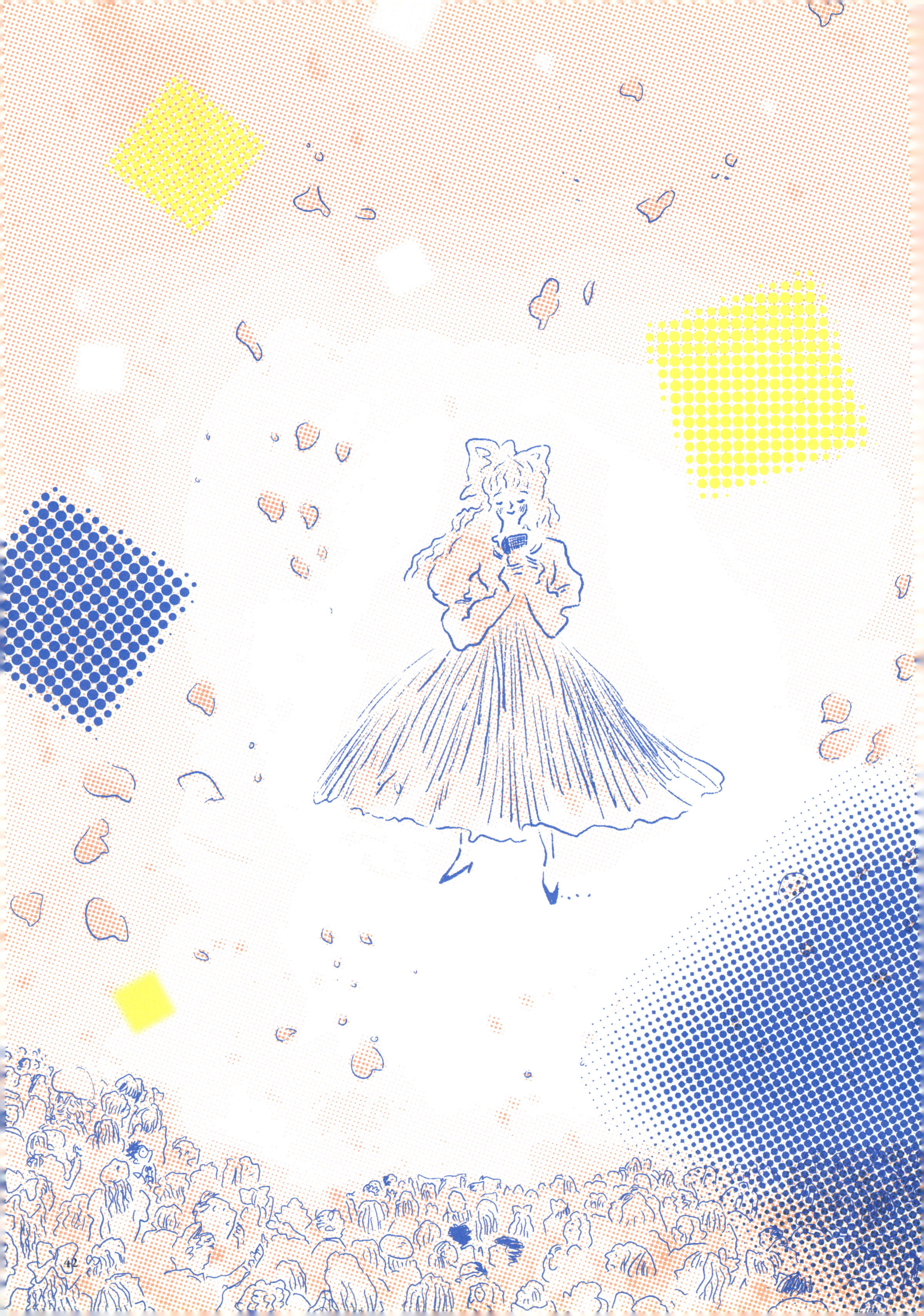

어느 날 강수지가 미국에서 전화를 걸어왔다.

뉴욕 시절 내가 MC를 맡았던 대학가요제 미주 예선에서 은상을 받았던 친구였다.

이후 한인방송에서 나와 함께 DJ로 아르바이트를 하면서

우리 부부와 가깝게 지냈었는데,

갑자기 한국에 와서 가수 활동을 하고 싶다며 도와달라는 것이었다.

아무런 연고도 없이 오직 나 하나만 믿고!

난감했지만 고민 끝에 그녀의 앨범을 직접 제작하기로 했다.

전망은 나쁘지 않았다. 당시는 가요계가 오디오 시대에서

비디오 시대로 넘어가는 전환기였다.

음악 프로그램을 진행했던 나름의 경험에 비춰볼 때,

수지처럼 예쁜 외모와 맑은 음색을 지닌 여가수라면 성공 가능성은 충분해 보였다.

예상대로였다. 솔직히 말하면, 예상을 훨씬 뛰어넘었다.

1990년에 발매된 강수지의 데뷔 앨범은 수십만 장이 팔려나가는 대성공을 거뒀다.

타이틀곡 〈보랏빛 향기〉가 가요 순위를 휩쓸었고,

그녀는 남성 팬들과 소녀 팬들을 동시에 사로잡으며

하루아침에 가요계의 신데렐라가 되었다.

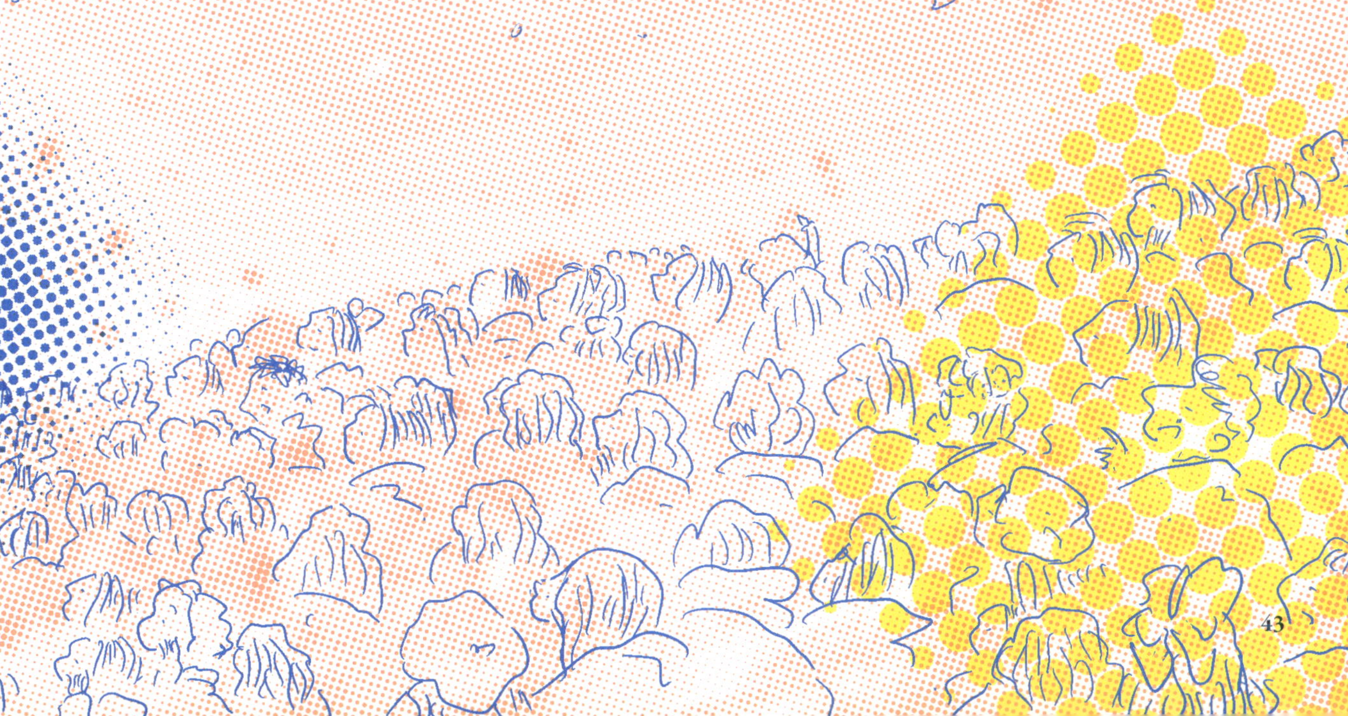

준비운동을 마친 '환 퍼포먼스'는 연극 제작에 본격적으로 뛰어들었다.
적자의 연속이었지만 크게 상심하지는 않았다. 어차피 내가 좋아서 하는 일이었고,
앞 작품이 남긴 시름보다 다음 작품이 주는 설렘이 더 컸기 때문이다.
1996년에 제작한 뮤지컬 〈고래사냥〉은 내 모든 것을 쏟아 부은 회심의 역작이었다.
'연희단 패거리'의 이윤택이 연출을, '작은 거인' 김수철이 음악을 맡았고
뮤지컬계의 스타 남경주가 주연을 맡았다. 공연 장소도
대학로 소극장이 아닌 예술의전당 오페라하우스였다.
총 제작비는 7억 원! 당시로서는 천문학적인 금액이었다.
흥행 실적은 나쁘지 않았다. 문제는 그다음이었다.
1년간 죽을힘을 다해 매달렸지만 제작비 마련을 위해 빌린 돈을 갚고 나니
남는 게 없었다. 장기 공연이 가능했다면 좀 나았겠지만
국내엔 이 작품을 올릴 만한 대형 무대가 부족했다.
아무리 내가 좋아서 하는 일이라도 매번 빚을 내서 공연하고,
공연 끝나면 빚 갚고, 다음 공연을 위해 또 빚을 내는 일을
되풀이할 수는 없었다. 뭔가 새로운 돌파구가 필요했다.
오랜 고민 끝에 결론을 내렸다. 국내 시장의 한계를 극복할 수 있는
유일한 해법! 그건 다름 아닌 해외 진출이었다.

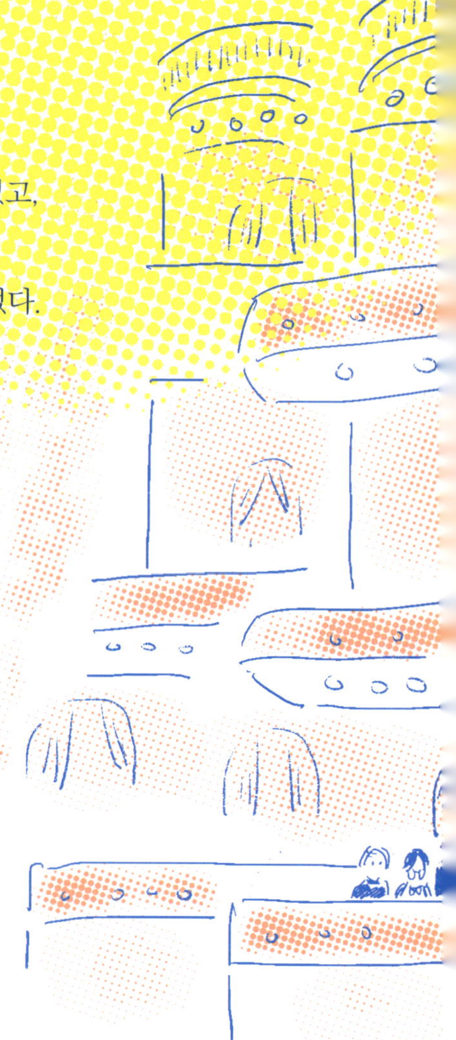

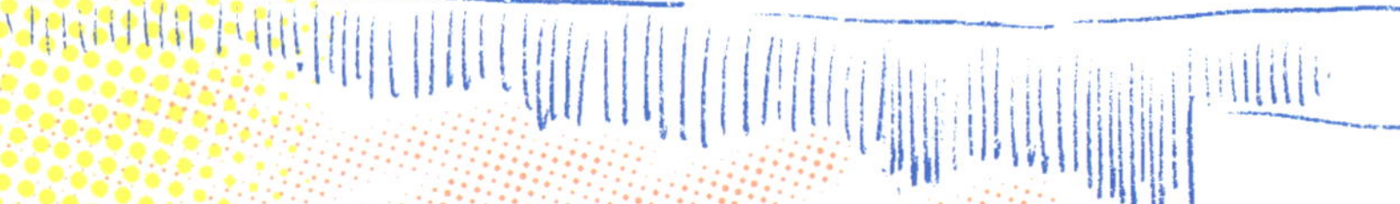

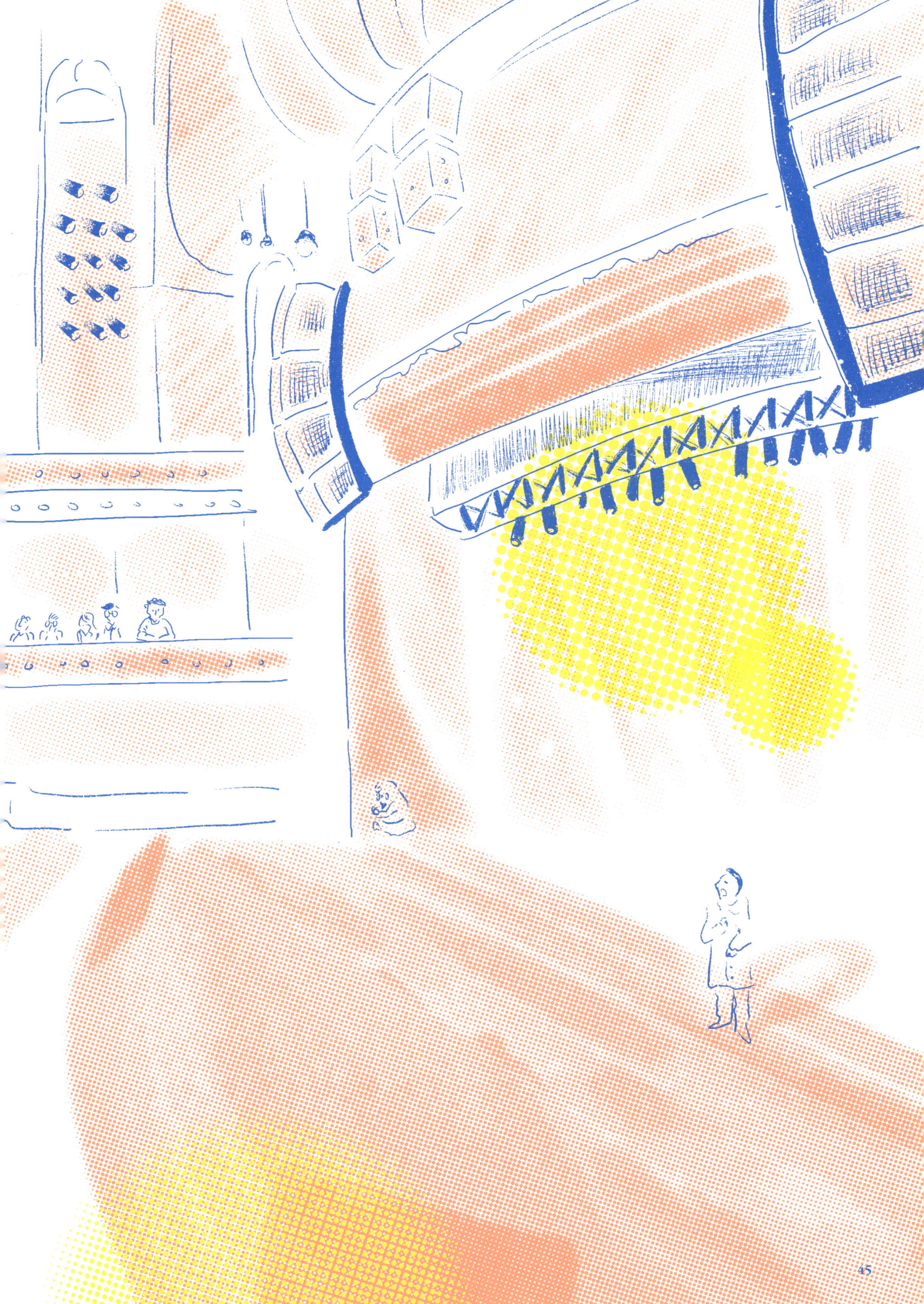

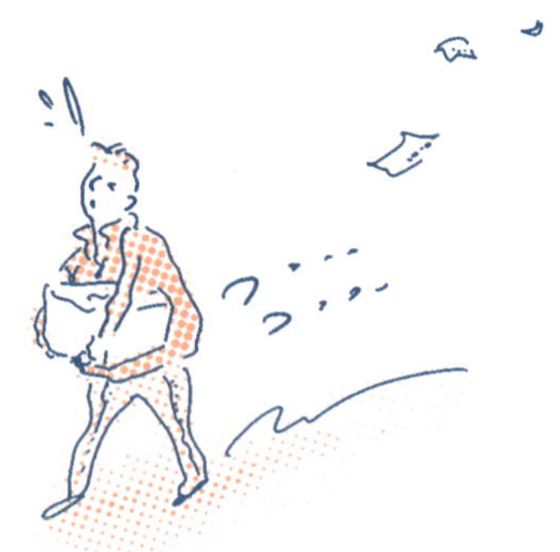

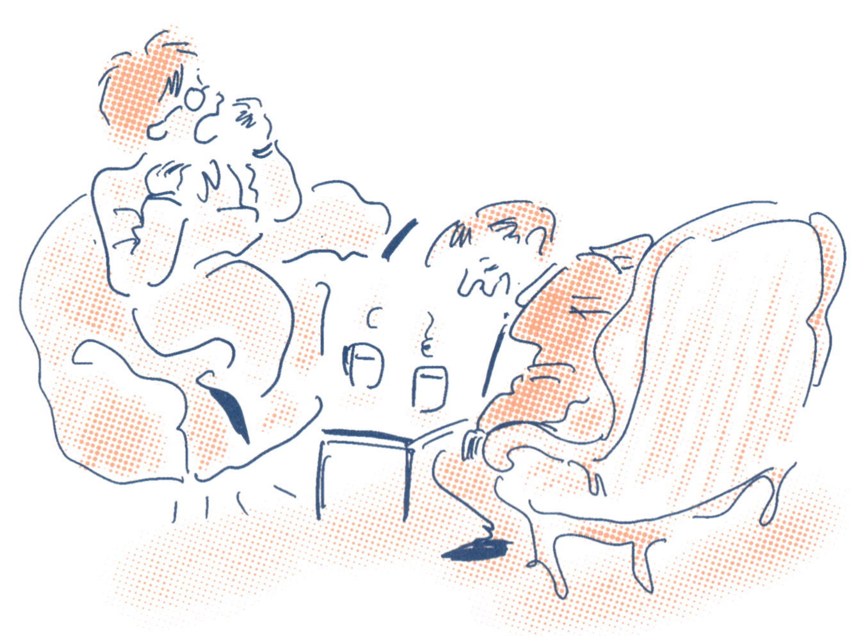

〈고래사냥〉을 준비하면서 많은 사람들에게 돈을 빌리러 다녔다.

일을 시작하려면 당장 현금 1억이 필요한데 내겐 그런 돈이 없었기 때문이다.

그때 이광호라는 친구에게서 연락이 왔다. 고교 동창이지만 학창시절엔 친분이 없었고,

1995년 졸업 20주년 행사에서 만나 뒤늦게 가까워진 친구였다.

충남방적 창업주의 2세인 그는 내 주변 사람들 중 유일한 부잣집 아들이었다.

반갑게 만나 식사를 한 뒤에 광호는 나를 자기 사무실로 데려갔다.

그리고 나에게 1억 원을 선뜻 건네줬다. 워낙 많은 사람들에게 돈 얘기를 하고 다녀서

광호에게 부탁했던 걸 잊고 있었는데, 그가 소중한 종잣돈을 마련해준 것이다.

공연이 끝난 뒤에 나는 만사 제쳐놓고 그 돈을 제일 먼저 갚았다.

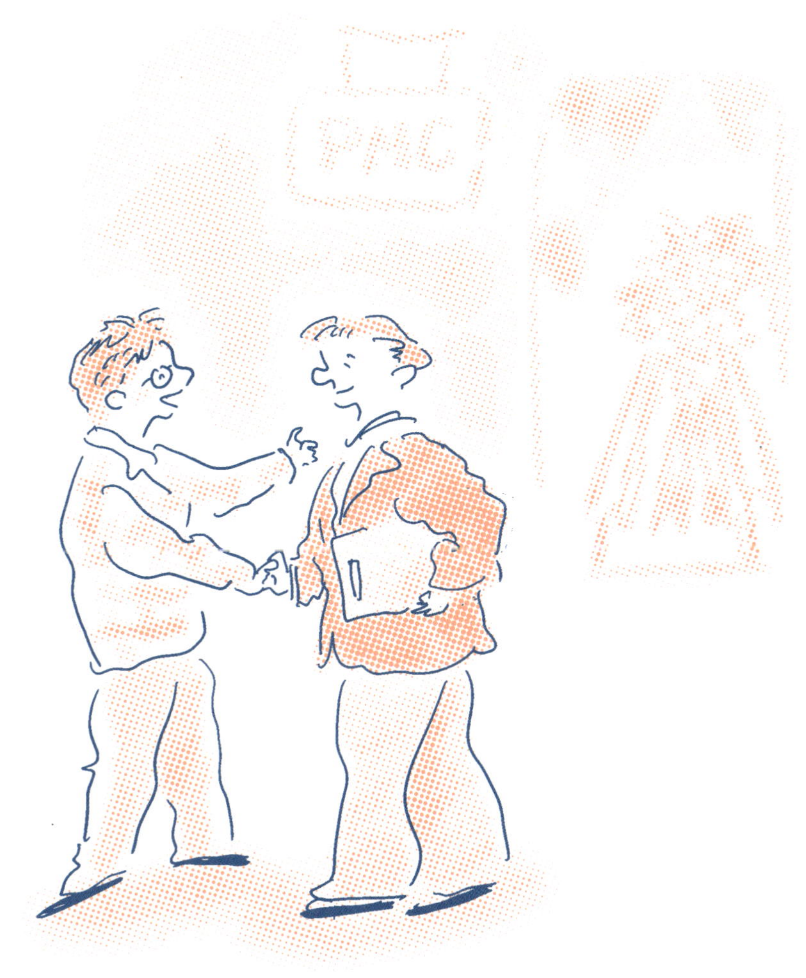

얼마 후, 광호를 다시 만났다.

이번에는 돈을 빌리기 위해서가 아니라 정식으로 동업을 제안하기 위해서였다.

"우리나라 문화산업은 비약적으로 성장할 것이다,

여기에 효과적으로 대처하려면 남다른 기획력과 비즈니스 능력을 갖춘 회사가 필요하다,

나는 기획자고 너는 경영자다, 그러니까 우리가 힘을 합치면…."

절실했던 만큼 장황하고 거창했을 내 얘기를 그는 진지하게 들어주었고 기꺼이 동의해주었다.

창작은 내가, 경영은 그가 맡고 서로의 영역에는 일체 간섭하지 않기로 했다.

지분은 공평하게 5대5로 정했다. 지금까지도 지키고 있는 둘 사이의 원칙이다.

그렇게 ㈜PMC프로덕션이 탄생했다. 1996년 12월이었다.

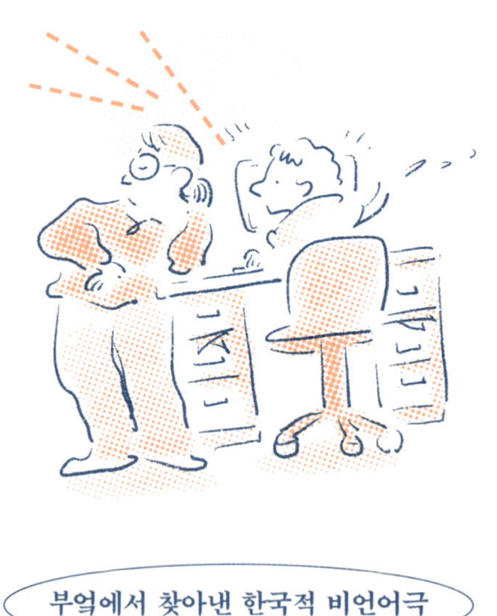

우리 연극의 해외 진출에 가장 큰 걸림돌은 언어다. 한국어 대사를 외국어로 바꿀 수도 있고
대형 스크린에 자막을 띄울 수도 있지만, 어떻게 해도 현지 관객들은 몰입이 어렵다.
고민이 깊어질 무렵 어느 문화부 기자가 툭 던진 얘기에 귀가 번쩍 뜨였다.
요즘 외국에서 타악 위주의 넌버벌 퍼포먼스(nonverbal perfomance, 비언어극)가 각광을 받는다는 것이었다.
그 얘기를 듣는 순간 곧바로 사물놀이가 떠올랐다. 즉시 사물놀이를 활용한 비언어극을 구상하기 시작했고,
비언어극이 우리의 대안이라는 확신을 굳혔다. 단, 서양의 그것과는 확실히 달라야 했다.

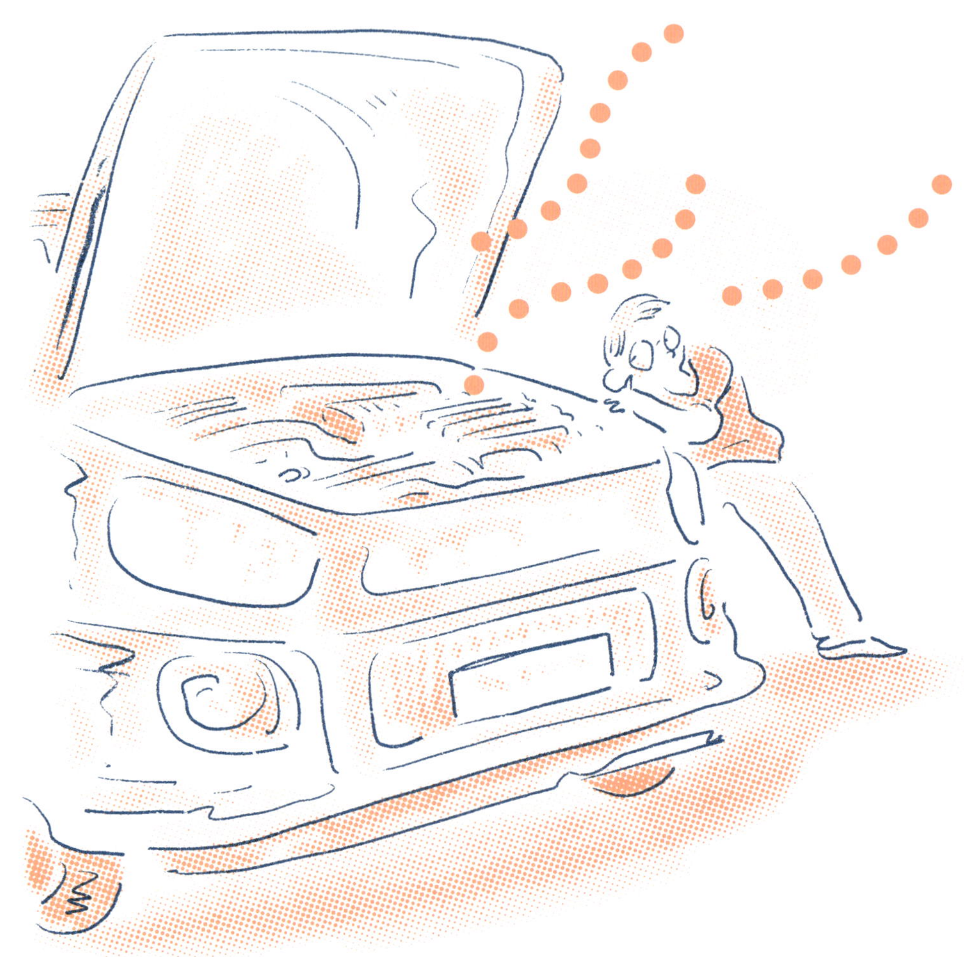

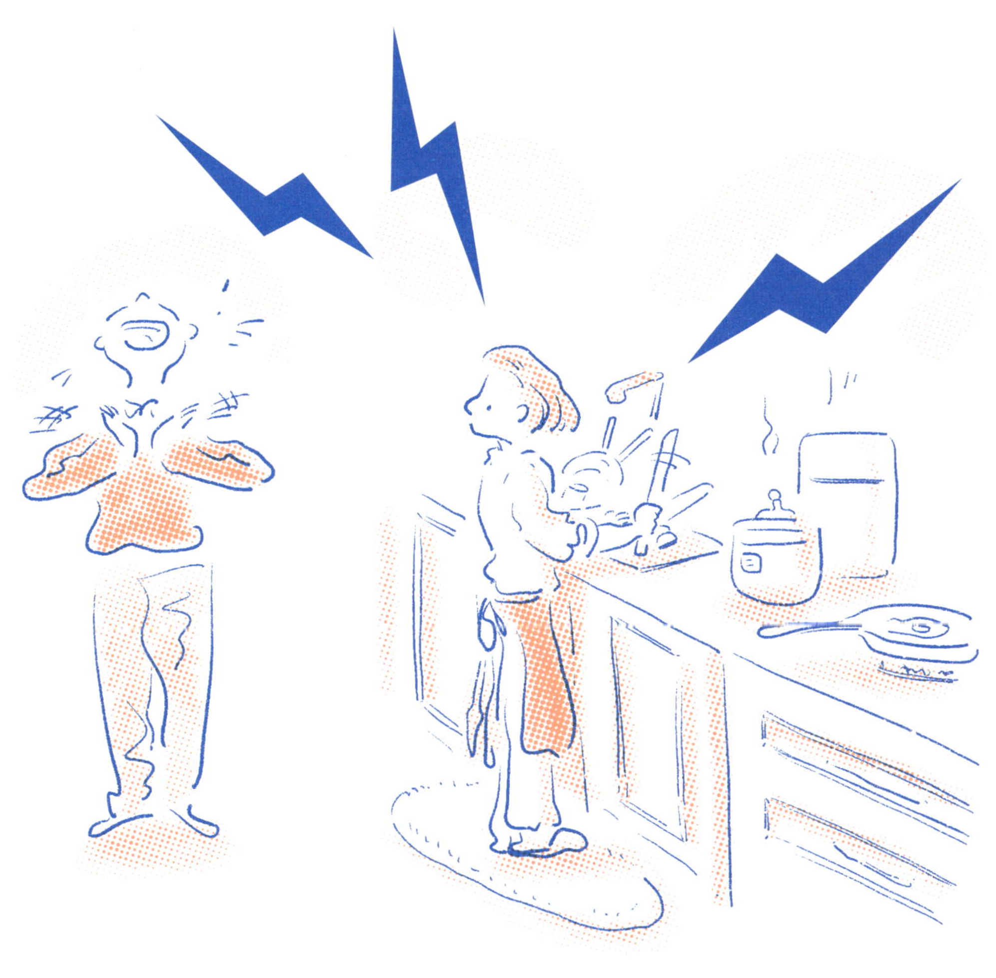

우리의 장단과 가락을 활용하되, 세계적인 보편성을 갖기 위해서는
국악기 대신 다른 것들을 두드려야 한다.
그렇다면 일상에서 소리가 가장 다양한 장소는 어딜까?
당연히 부엌이다.
탁탁탁 칼질하는 소리, 달그락달그락 부딪치는 소리,
부글부글 물 끓는 소리, 와장창 그릇 깨지는 소리….
그렇게 해서 '장소는 부엌, 등장인물은 요리사 네 명,
악기는 각종 주방도구'라는 〈난타〉의 얼개가 만들어졌다.

얼개가 잡혔다고는 해도 공연까지는 첩첩산중이었다.

배우도 없고 대본도 없는 완벽한 백지 상태! 배우를 뽑으려 해도 뭘 기준으로 심사를 할지 막막했다.

일단 오디션 장소에 주방 도구들을 잔뜩 쌓아놓고 맘대로 두들겨보게 한 다음,

뭔가 끼가 있어 보이는 사람들을 뽑았다. 그리고 사물놀이의 달인 김덕수 선생님에게 보내

한 달간 맹훈련을 시켰다. 배우들이 박자와 리듬을 익히는 동안 나는

스태프들과 밤을 새워가며 대본을 짜냈다. 막대한 제작비를 들인 외국 작품들과 경쟁하려면

그들에겐 없는 재미있는 스토리와 개성 있는 캐릭터가 필요했다.

연습을 시작한 뒤에도 음향, 세트, 의상, 조명 등을 놓고 끝없는 시행착오가 이어졌지만

그때마다 머리를 맞대고 최선의 방법을 찾아냈다.

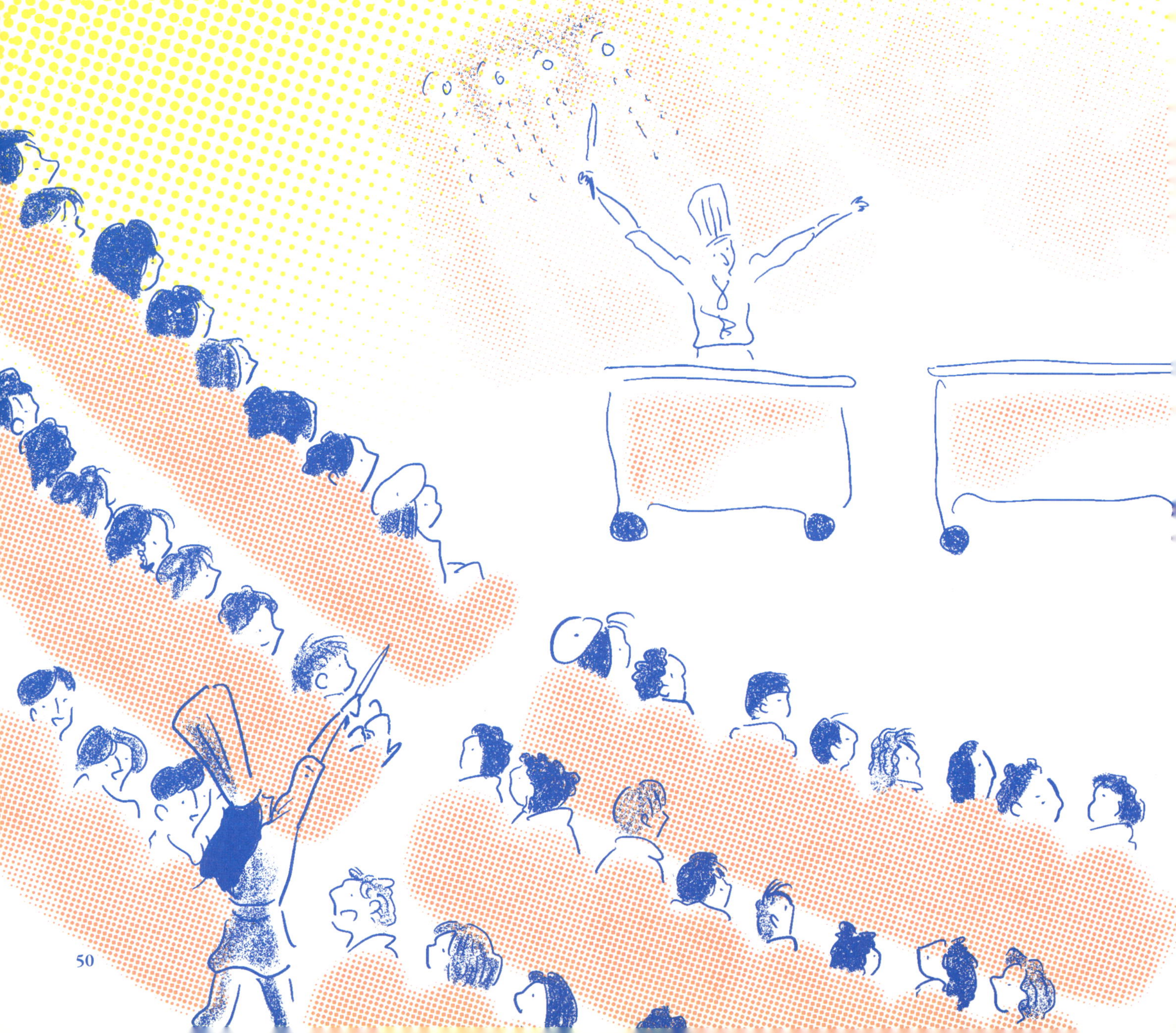

연습장으로 빌린 충남방적 본사 강당이 시내 한복판이라 낮에는 연습을 할 수가 없어서

늘 올빼미처럼 밤에 연습을 했고, 연습이 끝나면 다들 그 자리에 쓰러진 채 곯아떨어지고는 했다.

공연 날짜가 다가오자 객석을 채울 일이 걱정이었다. 대사도 한마디 없고 유명 배우도 나오지 않는 공연이니

티켓을 구입하는 관객도 많지 않을 테고, 그렇다고 무작정 길거리 홍보를 할 수도 없었다.

궁리 끝에 당시 젊은 층의 폭발적 인기를 끌던 PC통신의 연극 동호회에 집중적으로 초대권을 뿌렸다.

그들의 입소문, 요즘 말로 하면 '바이럴 마케팅'을 시도한 셈이었다.

1997년 10월 10일. 이 날을 잊을 수 없다.

내 분신과도 같은 〈난타〉가 드디어 세상에 첫선을 보인 날이기 때문이다.

객석은 연일 만원이었다. 공연마다 기립박수가 이어졌고,

연극 동호회 게시판은 〈난타〉로 도배가 되었다. 이제 더 이상 초대권을 뿌릴 필요가 없었다.

공연 2주차에는 호암아트홀 개관 이후 처음으로 입석 관객을 받았고,

몰려드는 관객 때문에 극장 로비의 대형 유리창이 깨졌다. 대박이었다.

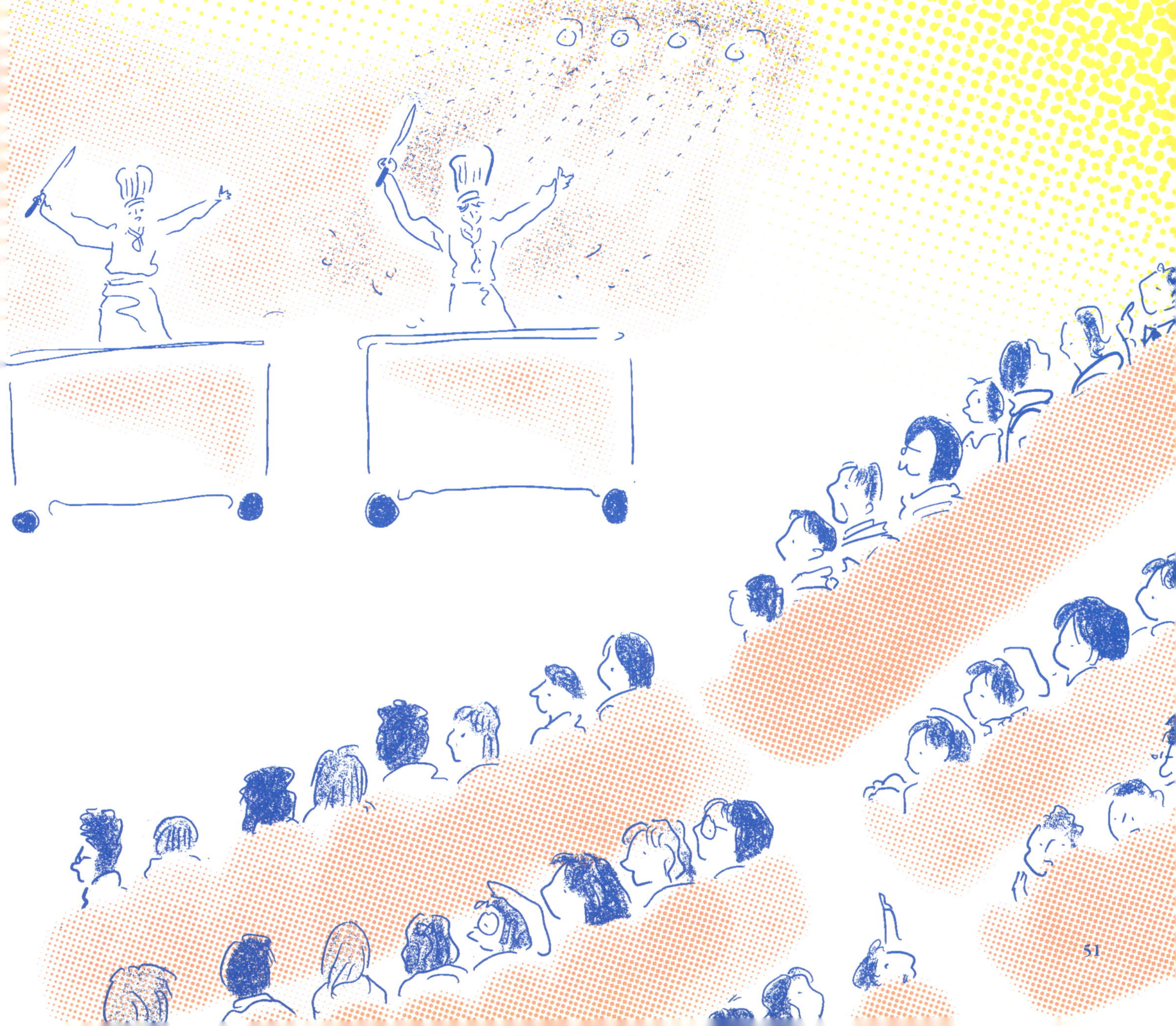

초연이 끝나자마자 앵콜 공연을 했고 그 뒤에도 지방 공연이 빽빽하게 이어졌다.
이제 원래 목표였던 해외 진출을 시도할 차례였다.
1998년 봄에 뉴욕, 도쿄, 런던, 파리, LA 등 5개 도시를 돌며
현지 프로모터들에게 〈난타〉를 소개했지만,
한국이라는 나라 자체를 잘 모르는 그들은 아예 관심조차 보이지 않았다.

그해 가을, 뉴욕에 있는 '브로드웨이 아시아'라는 공연 배급업체와
우여곡절 끝에 계약을 맺었다. 그들이 첫 무대로 고른 곳은
세계 최고의 연극 축제인 '에든버러 페스티벌'이었다.
1947년에 시작된 이 페스티벌은 정식 초청작들의 공연인 '메인 페스티벌'과
자비를 들여 참가한 극단들의 '프린지(fringe, 변두리) 페스티벌'로 나뉘는데,
〈난타〉는 〈Cookin'〉이라는 제목으로 프린지 페스티벌에 참여하기로 했다
(영어 제목인 '쿠킨'은 요리라는 뜻과 무아지경이라는 뜻을 동시에 갖고 있다).

문제는 비용이었다. 한 달 동안의 숙식비, 극장 대관비,
홍보비, 항공료, 화물운송료 등을 다 합치면 어림잡아도 3억 정도가 필요했다.
이광호 대표가 2억을 준비했고 나머지 1억은 내가 책임지기로 했다.
하지만 내게 그런 돈이 있을 리 만무했다.
〈난타〉의 성공에도 불구하고 PMC는 아직 적자 상태였고,
나는 여전히 전셋집을 전전하고 있었기 때문이다.
결국 친한 친구를 설득하여 그의 집을 담보로 대출을 받았다.
자기 아내한테는 절대 말하지 말라던 친구의 간절한 부탁이 지금도 귀에 선하다.

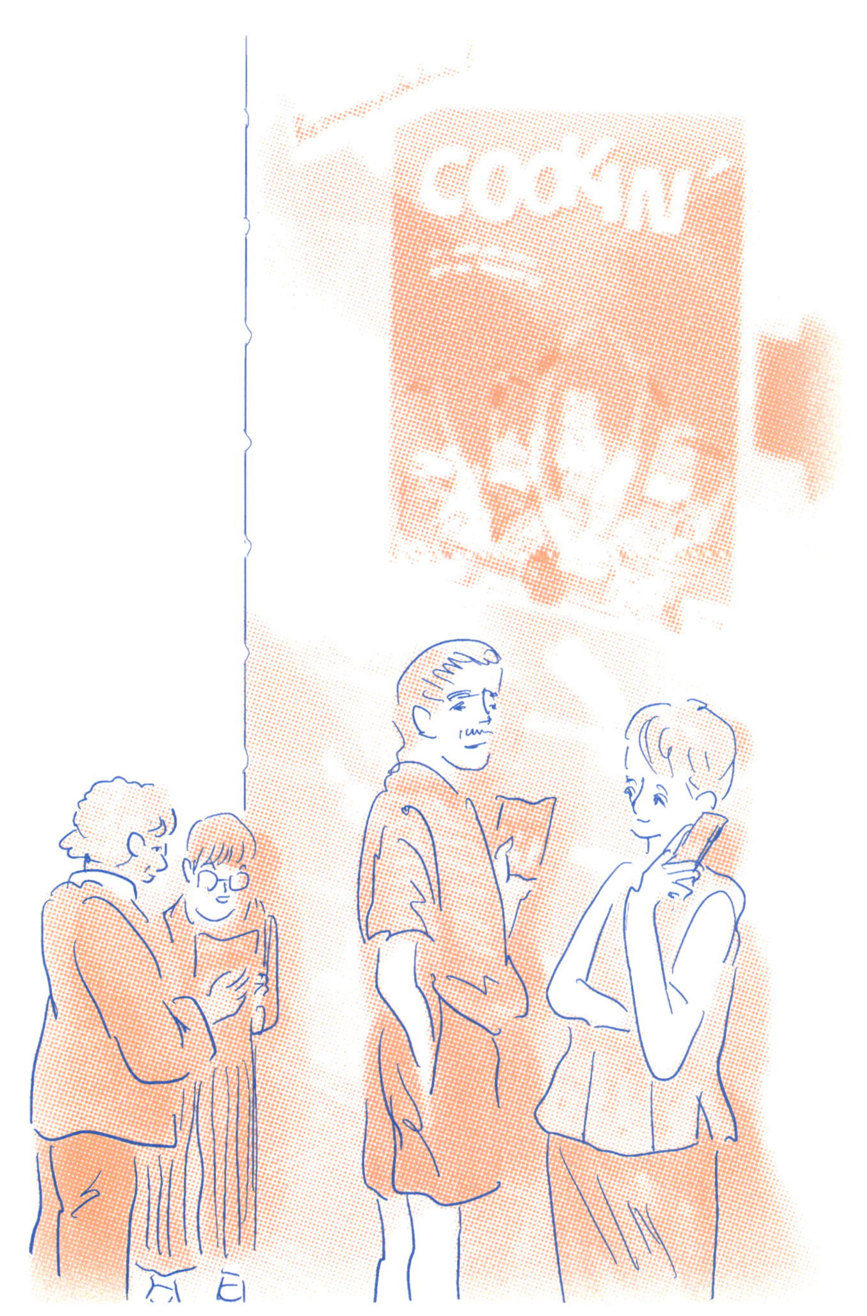

COOK'N'

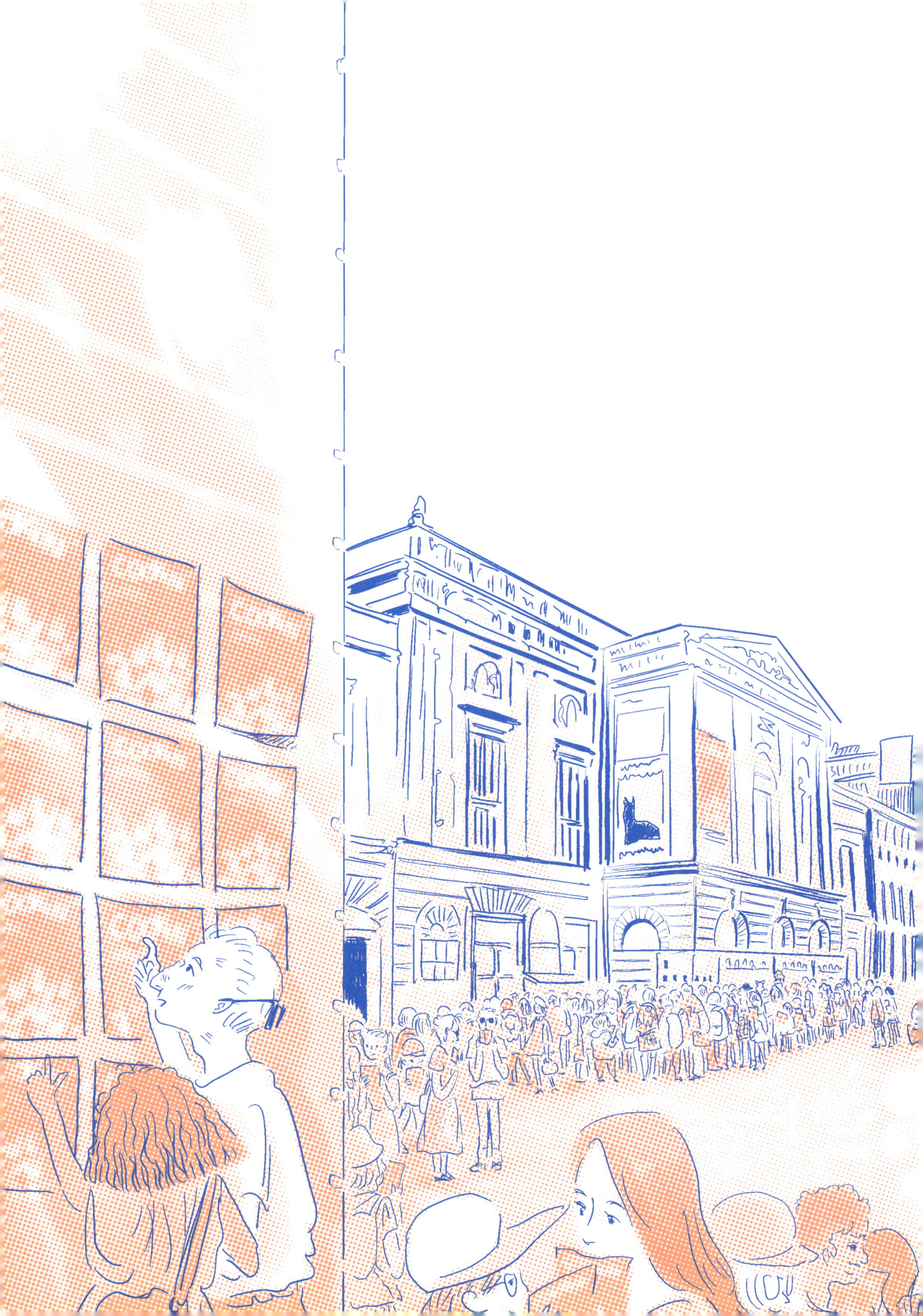

1999년 에든버러 페스티벌에 참여한 단체는 1,280개였다.
그 치열한 경쟁에서 살아남으려면 일단 인지도를 높여야 했다.
나는 왕년의 경험을 되살려 에든버러 시내의 구석구석을 〈난타〉 포스터로 도배했다.
그리고 축제 전에 현지 언론인들을 상대로 진행하는 '프레스 프리뷰'에서
짧고 강렬한 하이라이트 공연으로 압도적인 주목을 받았다.
이튿날 모든 신문에 그 장면이 실렸고,
〈난타〉는 페스티벌이 시작되기도 전에 최고의 화제작으로 떠올랐다.

마침내 찾아온 D-day. 공연장인 어셈블리 홀이 일찌감치 붐비기 시작했다.
공연이 끝나자 수백 명의 관객들이 일제히 일어나서
환호와 함께 기립박수를 보냈다.
객석 뒤편 벽에 기대어 그 광경을 바라보며 나는 조용히 눈물을 훔쳤다.
한국 공연의 해외 진출!
모두가 망상으로 여겼을 나의 꿈이 눈앞에서 현실로 펼쳐지고 있었다.

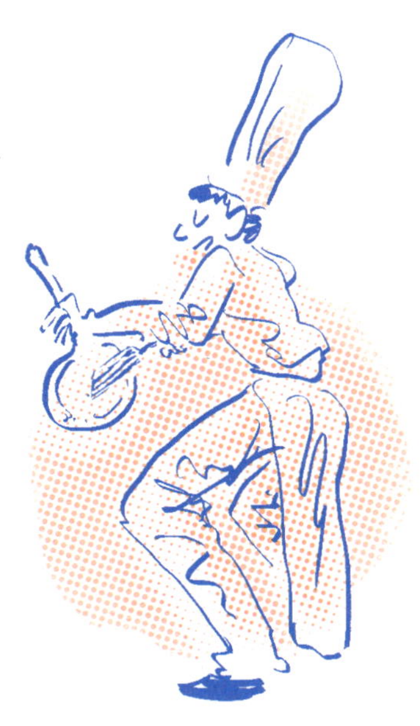

〈난타〉는 페스티벌 기간 내내 전회 매진을 기록했다.
축제가 끝나기도 전에 해외공연 요청이 빗발쳤다. 2000년 벽두 도쿄를 시작으로
오사카, 대만, 오스트리아, 네덜란드, 영국, 독일, 미국 공연이 쉴 새 없이 이어졌다.
2000년 에든버러 페스티벌 때는 정식 초청작이 되어 개런티까지 받아가며 공연을 했으니,
1년 사이에 말 그대로 상전벽해가 된 셈이었다.

그 무렵 나는 또 하나의 꿈에 사로잡혀 있었다. 그건 다름 아닌 전용극장이었다.
〈난타〉 덕분에 PMC의 재정 상태가 좋아지긴 했지만,
비정기적 공연만으로는 안정적인 수익을 창출하는 데 한계가 있었다.
이 문제를 해결하려면 1년 내내 〈난타〉만 공연하는 전용극장이 반드시 필요했다.
처음엔 아무도 동의하지 않았다. 이미 〈난타〉의 누적 관객이 20만을 넘어서던 때였다.
한국의 공연시장 규모를 감안하면 볼 사람은 이미 거의 다 봤다는 게 반대의 근거였다.
하지만 내 계산법은 달랐다. 〈쉬리〉나 〈공동경비구역 JSA〉 같은 영화들이
몇 백만 관객을 동원하는데 〈난타〉라고 안 될 이유는 없었다.
300석 전용극장에서 하루 2회 공연을 하면 연간 20만 명이 되고,
잠재 관객이 200만이라면 10년간 장기공연을 할 수 있다.
당시 급증하던 외국인 관광객들이 한국에서 딱히 볼 만한 공연이 없다는 것도
성공의 가능성을 높이는 요소였다. 그리하여 2000년 7월 서울 정동에
〈난타〉 전용극장이 문을 열게 되었다.

나의 계산은 틀리지 않았다. 2000년에 전용극장을 개관한 이후 〈난타〉 매출은
하루가 다르게 급증하기 시작했다. 연중무휴로 운영되는 〈난타〉 전용극장은
한국을 찾는 외국인들의 필수 코스가 되었다. 물론 저절로 그렇게 된 게 아니라,
여행사를 상대로 한 PMC 마케터들의 피땀 어린 노력 덕분이었다.
현재 PMC는 서울 명동, 홍대 그리고 제주까지 총 3곳의 〈난타〉 전용극장을 운영하고 있다.
블루, 화이트, 블랙, 레드, 그린 등 5개 팀이 번갈아 무대에 서고 있으며,
누적 관객은 2024년 12월말에 1,550만 명을 돌파했고
지금은 2천만 명을 향하고 있다.

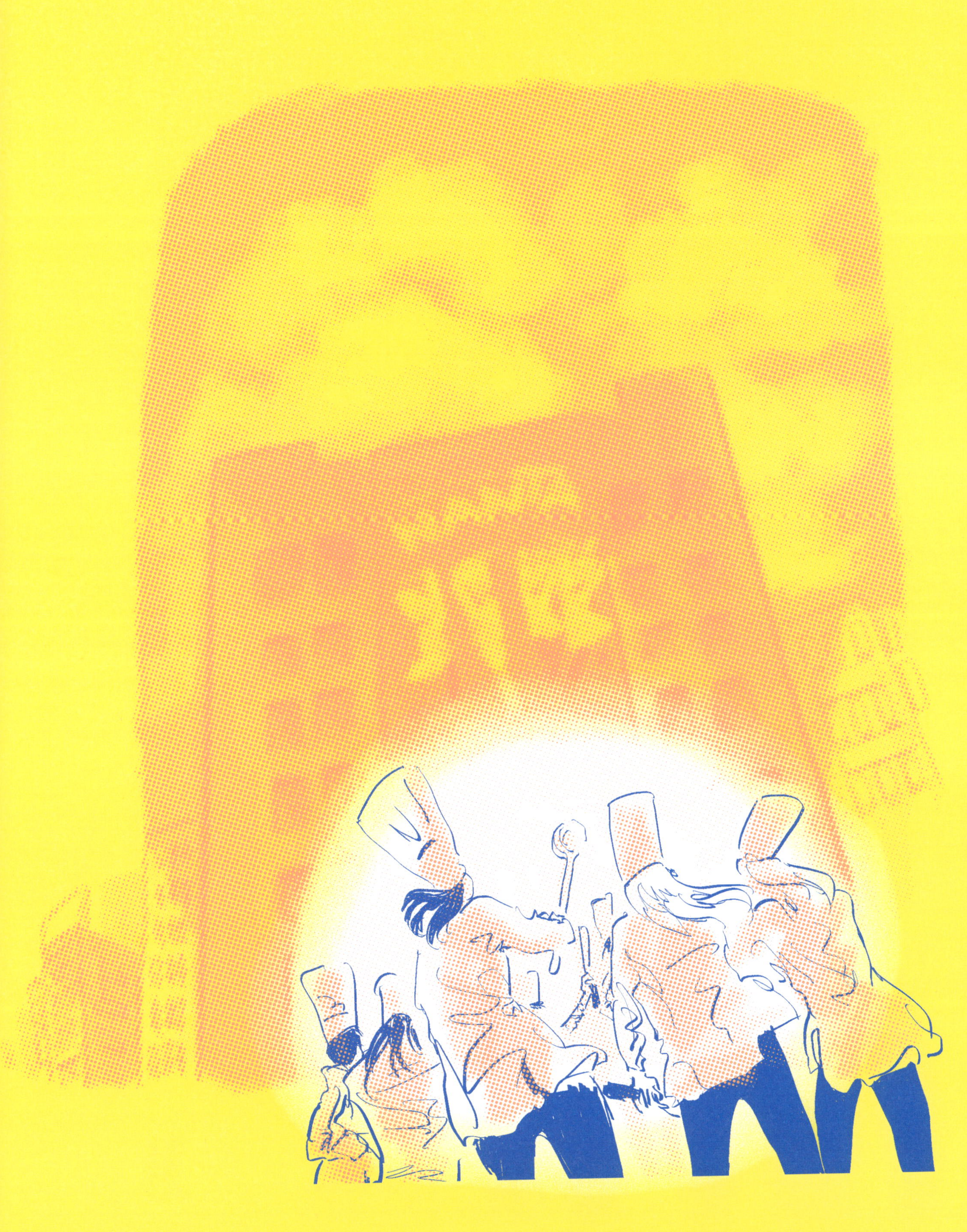

2001년 9월, 〈난타〉 공연팀이 장장 11개월의 미국 순회공연 길에 올랐다.

미국 55개 도시를 돌며 우리의 존재를 알리고, 그 여세를 몰아

전 세계 공연예술의 메카인 브로드웨이로 쳐들어간다는 게 나의 야심찬 계획이었다.

9월 4일 보스턴에서 첫 공연이 열렸다. 반응은 가히 폭발적이었다.

출발이 좋다고 안도하며 잠깐 업무를 보러 한국으로 돌아왔는데, 여독이 풀리기도 전에

충격적인 뉴스가 세상을 뒤흔들었다. 뉴욕 쌍둥이 빌딩을 향해 돌진한 두 대의 비행기!

그리고 수천 명의 죽음! 9.11 테러였다. 모든 게 중단되고 모든 계획이 취소되었다.

어디 항의할 데도 없고 누군가를 원망할 수도 없었다. 11개월로 계획되었던 순회공연은

겨우 1주일 만에 그렇게 허무하게 끝나고 말았다. 우회로를 거쳐 브로드웨이로 가려던 계획이

실패로 끝난 뒤, 나는 작전을 바꿔서 곧바로 브로드웨이의 문을 두드리기로 했다. 그동안 〈난타〉는

많은 업그레이드를 거쳐 처음보다 훨씬 짜임새 있고 탄탄한 작품으로 발전한 상태였다.

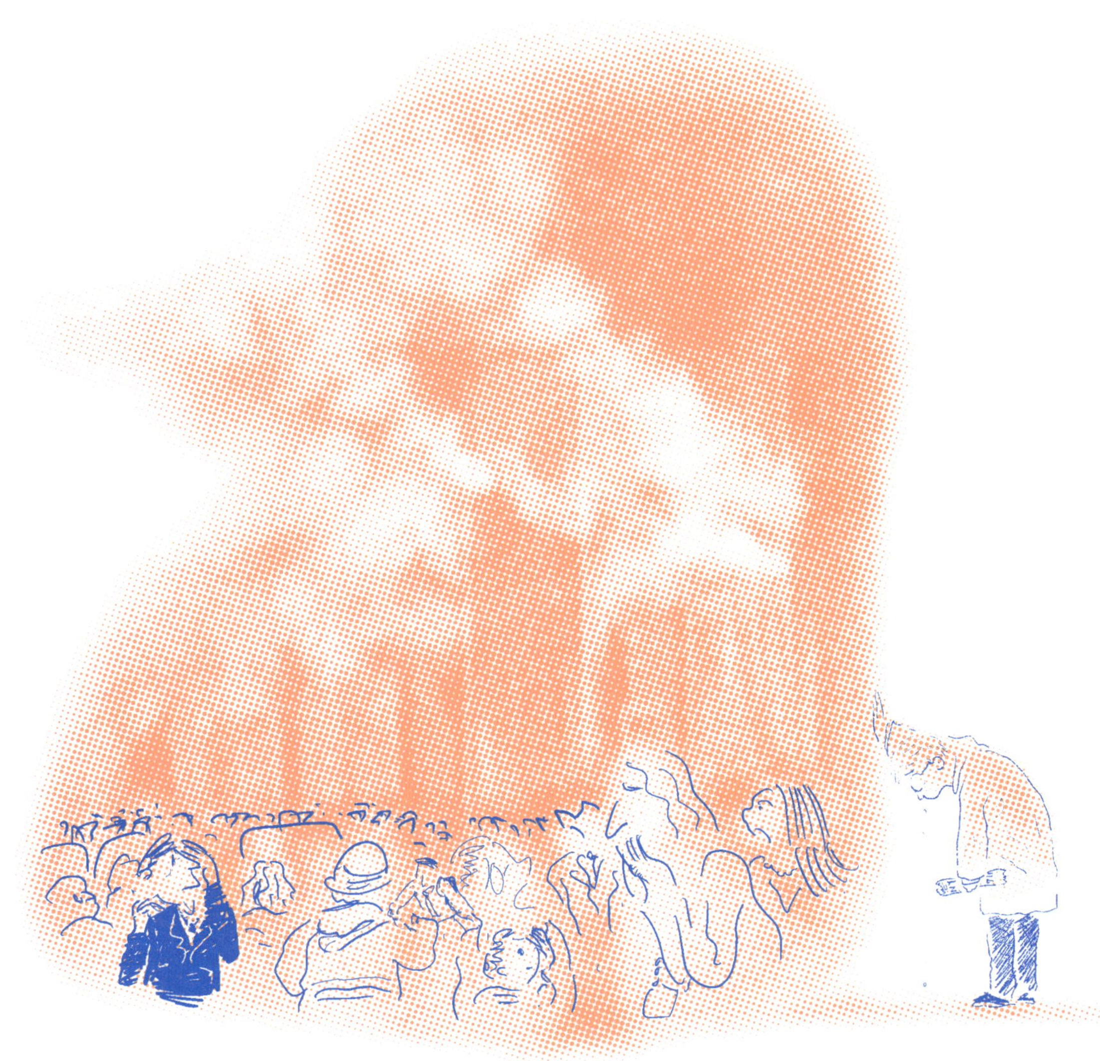

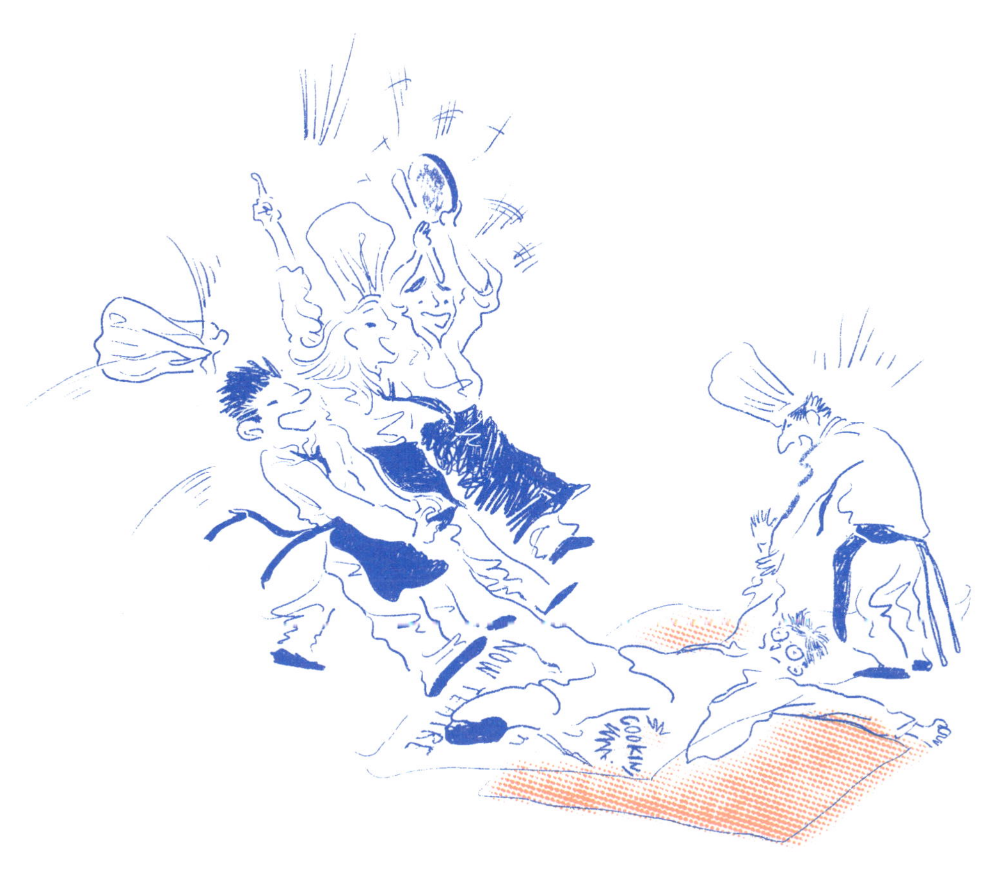

브로드웨이의 각 극장에는 매년 시즌 개막 작품을 선정하는 예술감독이 있다.
내가 만났던 '뉴 빅토리' 극장의 예술감독은 〈Cookin'〉이라는
제목을 듣자마자 곧바로 "OK"를 외쳐서 나를 놀라게 만들었다.
알고 보니 1999년 에든버러에서 이미 우리 공연을 본 적이 있는 사람이었다.
에든버러에 울려 퍼졌던 〈난타〉의 장단이 대서양을 건너 뉴욕까지 이어진 셈이었다.
2003년 9월. 〈난타〉는 마침내 꿈의 무대에 섰다. 대한민국 최초의 브로드웨이 개막작이었다.
브로드웨이 공식 팸플릿 〈플레이 빌〉에도 우리의 공연 소식이 실렸다.
홀로 뉴욕을 떠돌던 시절, 한없는 동경심을 품은 채 들여다보던 바로 그 책자였다.
그날 나는 두 번 울었다. 〈플레이 빌〉을 펼쳐보면서 한 번,
그리고 관객들의 기립박수를 보면서 또 한 번.
그렇게 내 인생의 한 페이지가 완성되었다.

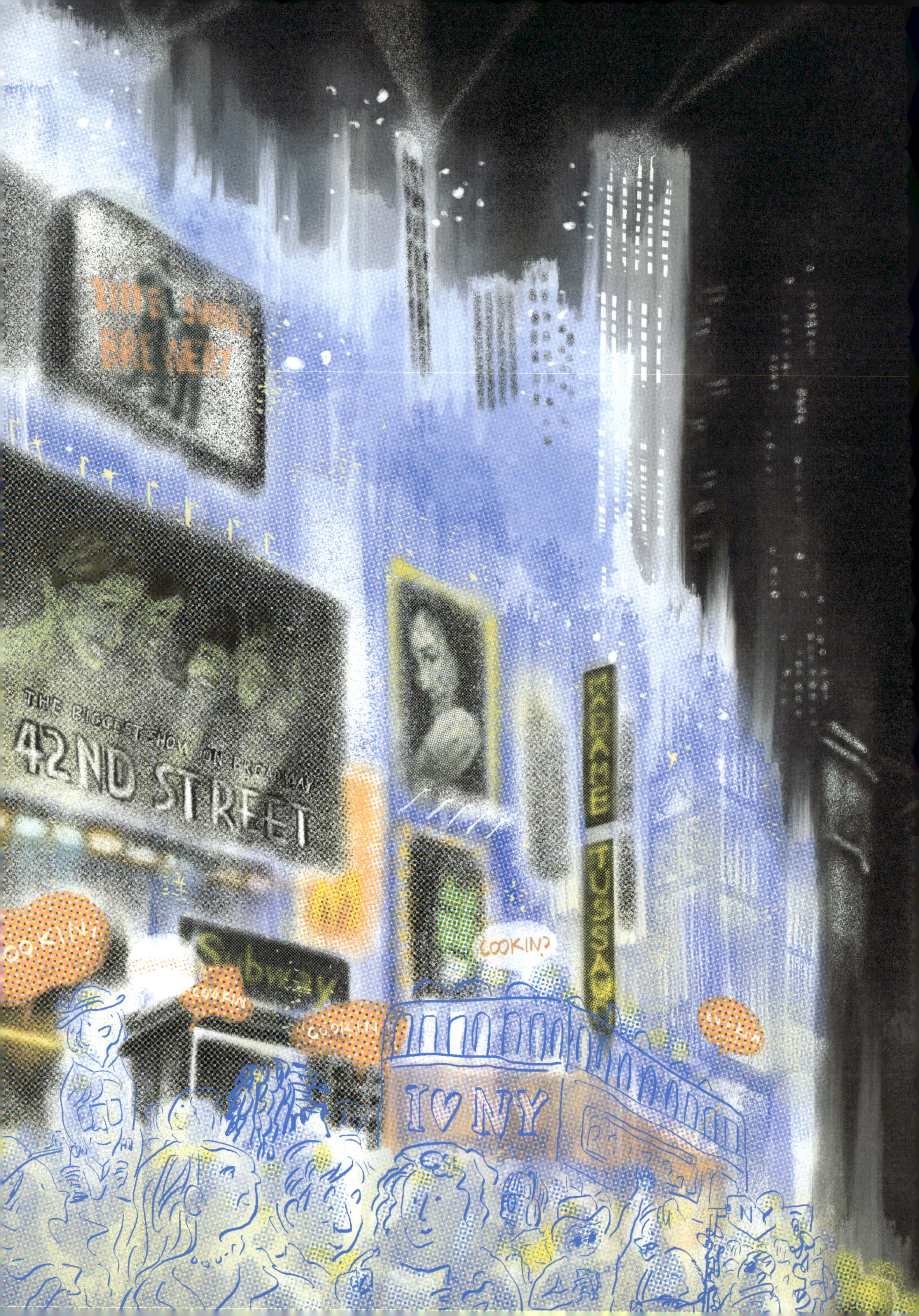
TIMES SQUARE
BREWERY
THE BIGGEST SHOW ON BROADWAY
42ND STREET
COOKIN!
COOKIN!
COOKIN!
COOKIN?
I ♥ NY

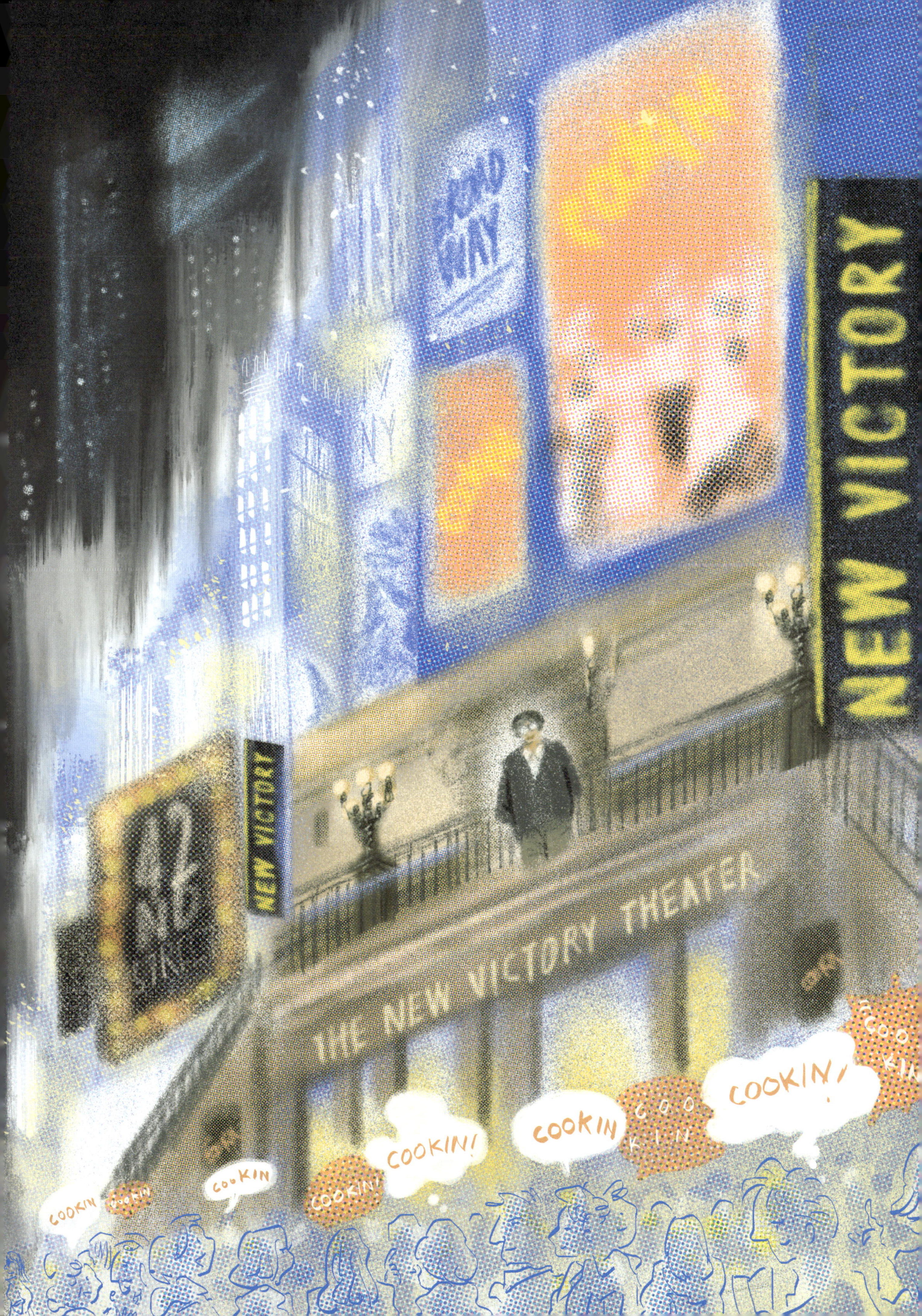
BROADWAY
NEW VICTORY
NEW VICTORY
42
THE NEW VICTORY THEATER
COOKIN'
COOKIN'
COOKIN'
COOKIN
COOKIN
COOKIN
COOKIN
COOKIN
COOKIN

2005년 초, 명지대학교에서 연락이 왔다.

연극영화과가 신설되는데 강의를 맡아달라는 것이었다.

그래서 연극영화과는 다른 학교에도 많으니 뮤지컬학과를 만들면 어떻겠냐고 역제안을 했다.

이사회에서 그 제안을 받아들였고, 나는 한국 최초의 뮤지컬학과에서

첫 학과장을 맡게 되었다. 커리큘럼 개발부터 강의와 실습 지도까지

모두 처음 해보는 일이었지만, 바로 그게 나의 흥미를 끌었다.

2011년에는 성신여대에서 '문화예술융합대학'이라는 단과대를 만들면서

나를 초대학장으로 초빙했다. 그전까지는 없던 새로운 성격의 단과대였다.

평창올림픽이 끝난 뒤에는 성균관대에서 '융합원'이라는 연구기관을 새로 만드는데

원장을 맡아달라는 요청이 왔다. 이것 역시 다른 데는 없는 새로운 성격의 조직이었다.

그렇게 명지대에서 6년, 성신여대에서 6년, 성균관대에서 4년을 교수 또는 원장으로 지냈다.

하나같이 낯설었던 그 일들을 기꺼이 맡았던 이유는 오직 하나였다.

아무도 가보지 않은 새로운 길이라는 것! 새로움은 언제나 나를 설레게 한다.

배우를 계속하는 이유도 어쩌면 그것 때문인지 모르겠다.

평생 연기를 했지만 그 작품들 속에서 내가 맡는 역할은 늘 새로운 인물이니까.

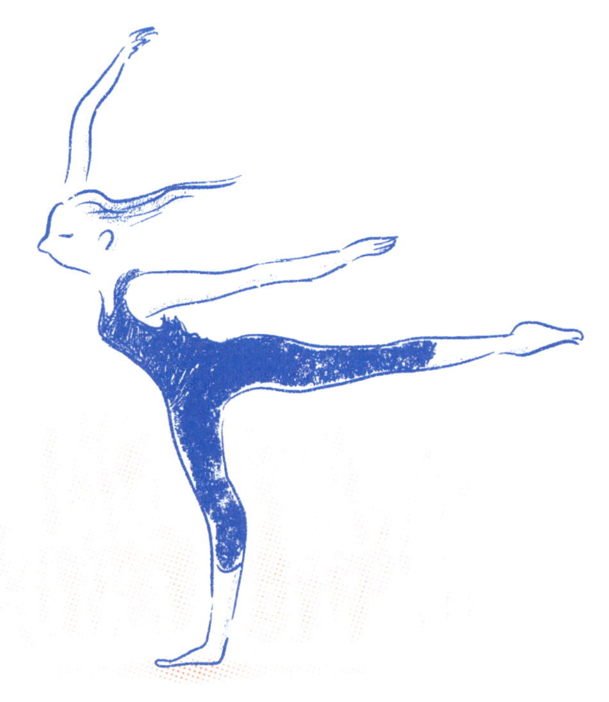

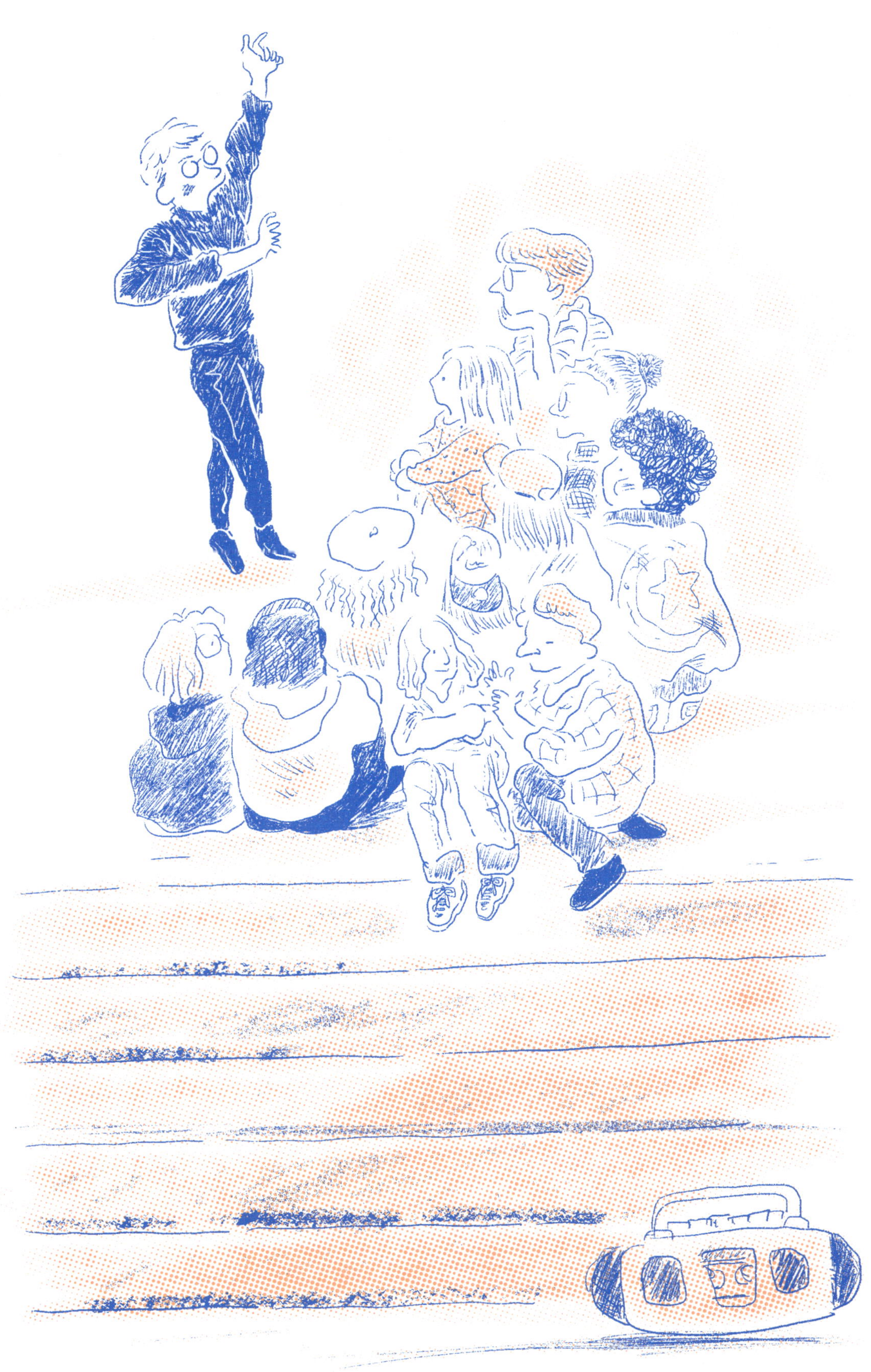

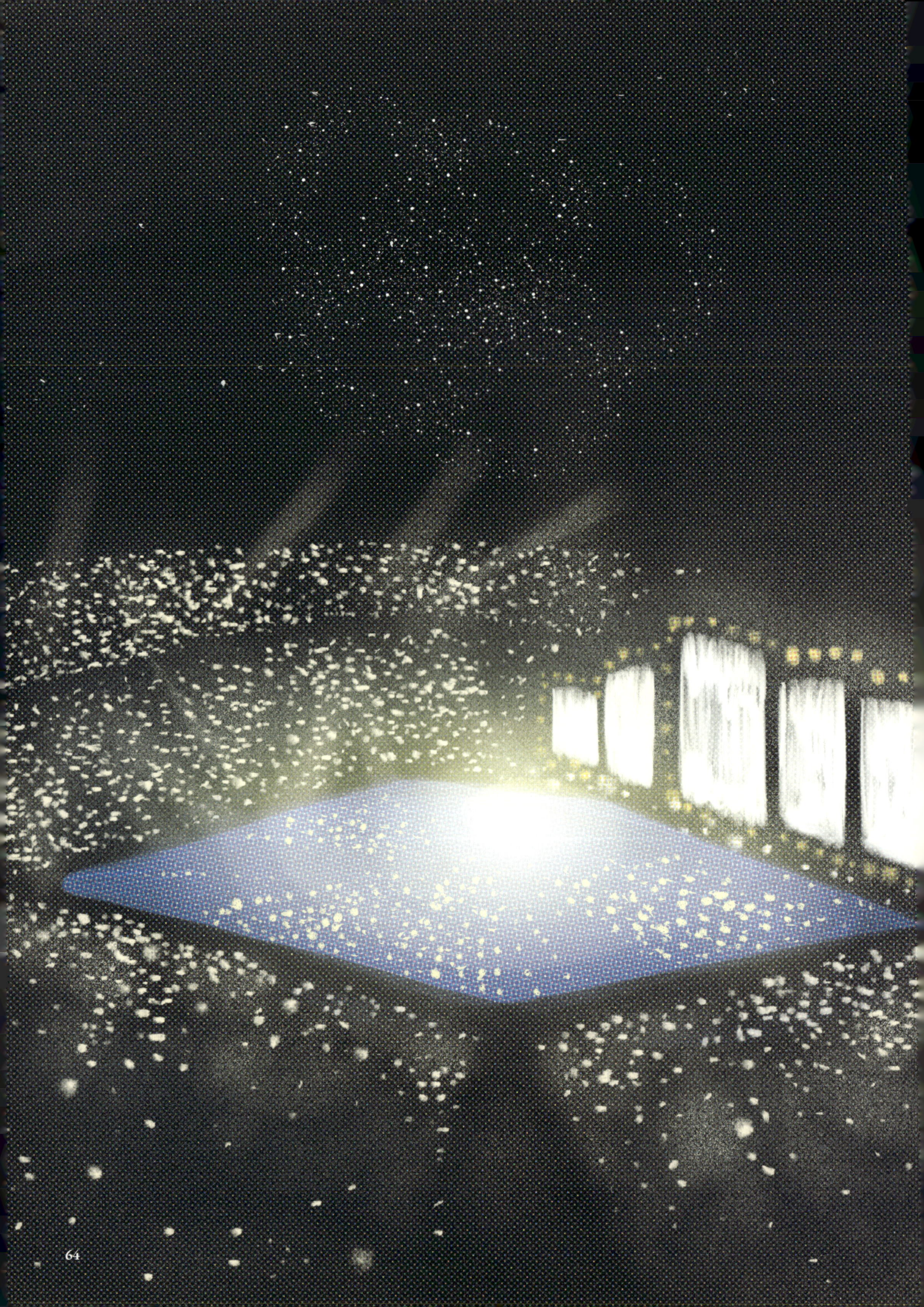

정선아리랑과 아우라지 나룻배로 시작한 개막 공연이 '시간의 문'을 지나
'모두를 위한 미래'로 나아갔다. 120개의 빛나는 문들이 지구촌의 미래를 보여줄 때
평창 하늘에는 "두껍아 두껍아, 헌집 줄게 새집 다오"라는 대한민국의 전래동요가 울려 퍼졌다.
백호와 함께 등장한 다섯 아이의 아름다운 모험이 절정으로 치달아가고 있었다.
아날로그와 디지털, 전통과 현대, 그리고 한국과 세계의 드라마틱한 융합!
저 아이들의 미래는 곧 인류의 미래였다.
평창 동계올림픽 개막 공연은 거대한 영상과 화려한 미디어 아트의 향연이었다.
경기장 바닥과 관중석 그리고 성화대로 올라가는 계단까지,
눈길 닿는 모든 곳들이 거대한 스크린이 되었다.
그 사이사이에는 3천 명의 출연자들이 만들어내는 역동적인 몸짓이 있었다.
벽화에서 튀어나온 고구려 여인들의 군무와 중력을 거스르는 도깨비들의 활공은
차가운 첨단기술에 따뜻한 체온을 불어넣으며 전 세계의 시청자들을 매료시켰다.

흰 눈에 덮인 슬로프 위로 수많은 불빛들이 날아올랐다.
잠시 후, 거대한 스노우 보더의 형상을 띤 불빛들이 흩어지더니
이내 다섯 개의 동그라미로 바뀌었다.
1,218개의 드론이 밤하늘에 만들어낸 빛나는 오륜기였다.
개막식의 하이라이트인 성화 점화가 이루어지고 성화대에서 불꽃이 타오르는 순간,
내 입에서는 신음과도 같은 안도의 한숨이 터져 나왔다.
이 개막식은 수많은 사람들이 최선을 다한 공연인 동시에 하늘이 도와주신 공연이었다.
날씨가 조금만 흐렸어도 보여줄 수 없었던 장면이었기 때문이다.
리허설에서 본 공연까지 45일 동안 현지의 날씨가 좋았던 날은 딱 이틀뿐이었다.
그중 하루는 개막식 날이었고, 나머지 하루는 폐막식 날이었다.

2015년에 있었던 평창올림픽 총감독 공모 때 나는 참여하지 않았다.
선배나 동료들과 경쟁하는 게 영 내키지 않았고, 심사위원이 외국인이라는 것도 좀 못마땅했기 때문이다.
그런데 공모에서 적임자를 못 찾았다며 조직위원회에서 내게 총감독직을 제의해왔다.
고민 끝에 결국 총감독 자리를 수락했다. 솔직히 말하면 기대와 두려움이 반반이었다.

준비 과정은 생각보다 훨씬 힘들었다. 중간에 정권이 바뀌면서
문체부장관을 비롯한 정부 담당자들이 바뀌었고, 일이 틀어질 뻔한 위기도 여러 번 겪었다.
무엇보다도 예산이 턱없이 부족했다. 총예산 600억 원. 장이머우 감독이
연출을 맡았던 2008년 베이징올림픽의 1/10 수준이었다. 그만두고 싶은 때도 많았지만
"그래도 올림픽인데"라고 생각하며 꾹꾹 눌러 참았다. 규모를 줄이는 대신
그 공백을 미디어 아트로 채우려 했던 게 결과적으로는 아주 좋은 반응을 얻었다.

평창올림픽 공연은 나 혼자만의 작품이 아니다. 각 분야 전문가들로 구성된
30여 명의 감독단과 대형 이벤트 경험이 풍부한 100여 명의 제작단이 함께 작업을 했다.
물론 모든 장면의 최종 결정은 총감독인 나의 몫이었다. 몇 초 단위로 콘티를 짜고,
매순간 35대의 카메라 앵글을 결정하고, 장면과 장면을 효과적으로 연결하는 것!
오랜 방송생활과 공연 제작을 통해 자연스럽게 몸에 밴 것들이었다.
개막식 때 오륜기를 형상화했던 드론은 폐막식 때 평창의 마스코트인 수호랑으로 변신했다.
거북이와 민들레 홀씨의 상여 행렬에 이어 신인류의 역동성을 보여주는
'새로운 시간의 축'이 평창의 밤을 밝혔다. 〈난타〉에 이어진 또 하나의 인생작!
잊지 못할 평창올림픽이 서서히 저물어갔다.

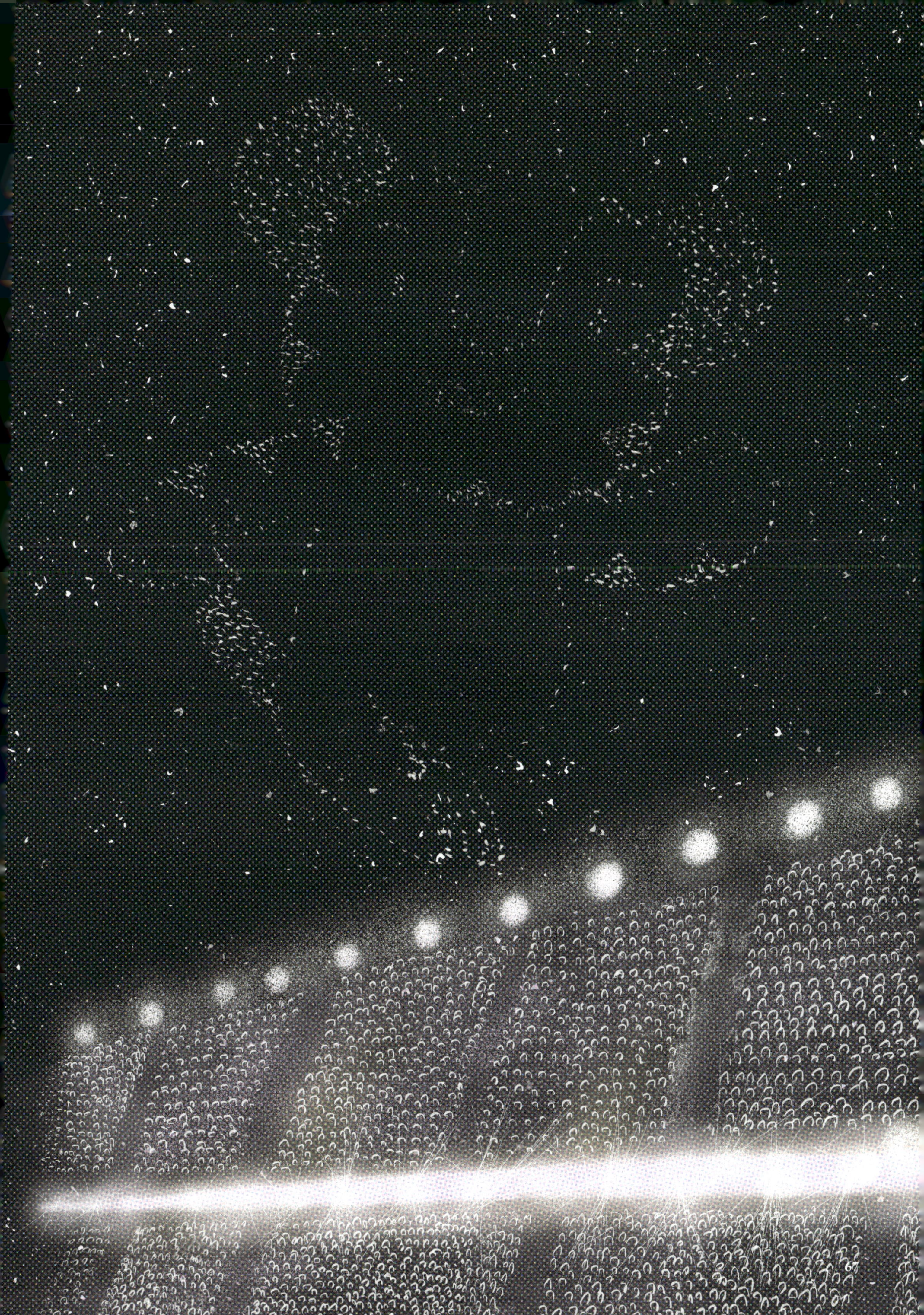

처음엔 안경에 문제가 있는 줄 알았다.
평창올림픽이 끝난 뒤에 우선 따뜻한 곳에 가서 좀 쉬고 싶었다.
그래서 〈난타〉 전용극장이 있는 방콕으로 날아갔는데,
평소에 잘만 보이던 세상이 자꾸만 흐릿하게 보이는 것이었다.
휴대폰의 문자메시지도, 식당의 메뉴판도 제대로 볼 수가 없었다.
귀국 후에도 상태가 점점 악화되었고, 부랴부랴 찾아간 병원에서
그야말로 청천벽력 같은 말을 들었다.
황반변성, 그리고 망막색소변성증.

시야가 점점 흐려지다가 결국엔 시력을 잃게 된다고 했다.
쉽게 말해서, 앞을 볼 수 없게 된다는 뜻이다.
하늘이 무너지는 듯한 충격을 가까스로 견디며 치료법을 수소문했다.
한국, 일본, 미국…. 그러나 희망은 어디에서도 발견되지 않았다.
실낱같은 기대를 품고 찾아간 미국의 유명한 안과에서
현재로서는 치료 방법이 없다는 말을 들었을 때,
마치 머릿속에서 뭔가 툭 끊어지는 느낌이었다.

그날 밤에 나는 혼자서 펑펑 울었다.
인생에서 가장 길고 어두운 밤이었다.

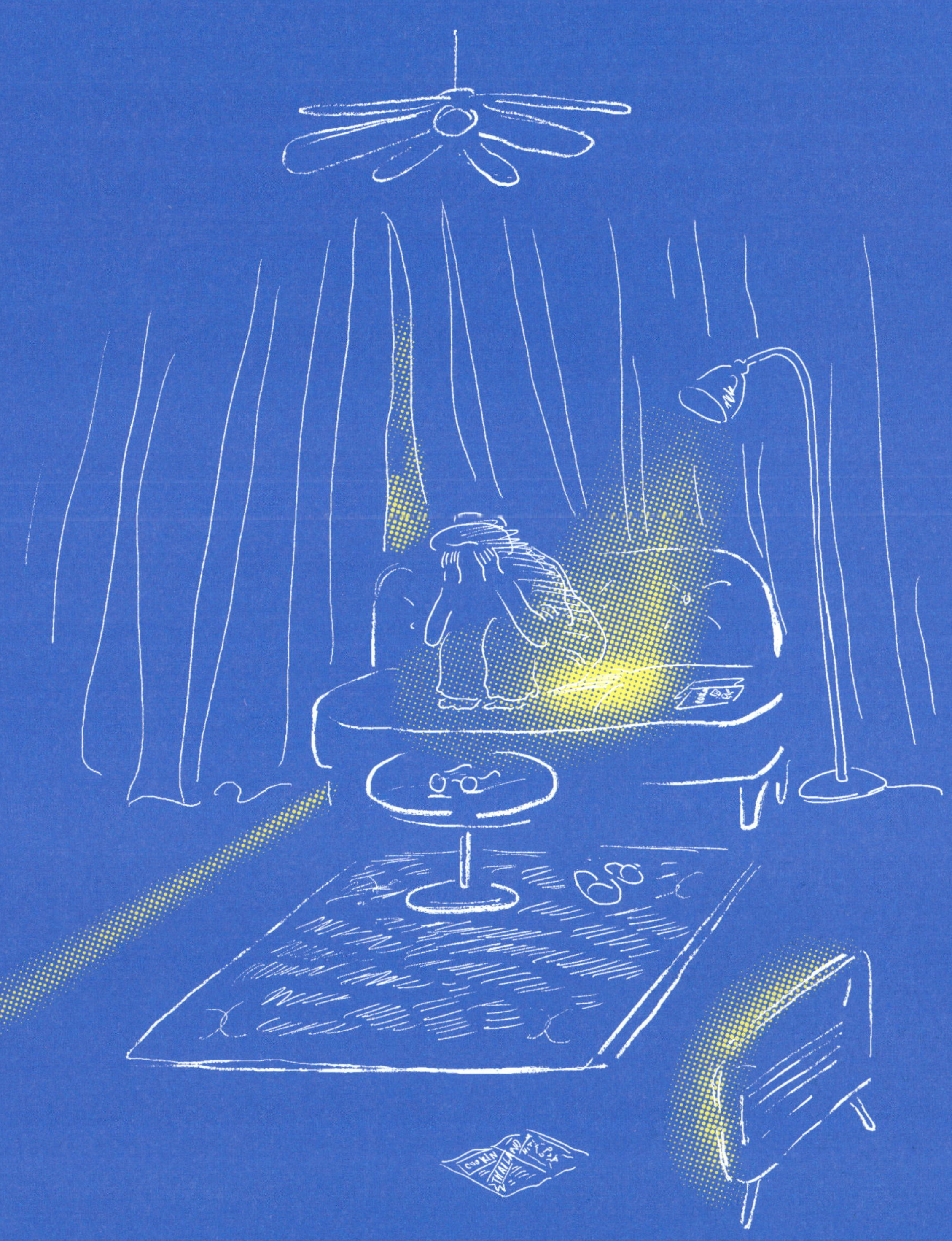

눈물로 보낸 밤이 지나고 다시 찾아온 아침. 자리에서 일어나 창밖을 내다봤다.
순간 두 눈으로 파란 하늘이 쏟아져 들어왔고, 나도 모르게 이런 말이 흘러나왔다.
"하나님, 감사합니다!"
진심이었다. 하늘이 여전히 파랗게 보인다는 게 너무나도 다행스럽고 감사했다.
그래, 나는 아직 세상을 볼 수 있다! 단지 예전보다 좀 희미해졌을 뿐이다.
그렇게 생각하니 마음이 조금 편안해졌다. 어차피 일어난 일이고 되돌릴 수 없다면,
이 눈으로 세상을 살아가는 방법을 찾아야 했다. 누구보다 충격과 상심이 컸을 아내도
나를 다독이며 용기를 잃지 말라고 격려해주었다.
만약 아내마저 무너졌다면 나는 그 시간을 견뎌내지 못했을 것이다.

인생은 뒤를 알 수 없는 책과도 같다.
뉴욕에서는 에든버러를 떠올릴 수 없었고 브로드웨이에서는 평창을 예상할 수 없었다.
이번에도 마찬가지다. 눈부셨던 한 페이지가 끝나자마자 전혀 다른 페이지가 시작되었다.
반갑지는 않지만 건너뛸 수 없고 덮을 수도 없다.
그 또한 신이 정해주신 나의 삶일 것이었다.

절망은 그렇게 새로운 삶의 의지로 바뀌었다.
그날 아침에 보았던 짙푸른 하늘빛이 지금도 눈에 선하다.

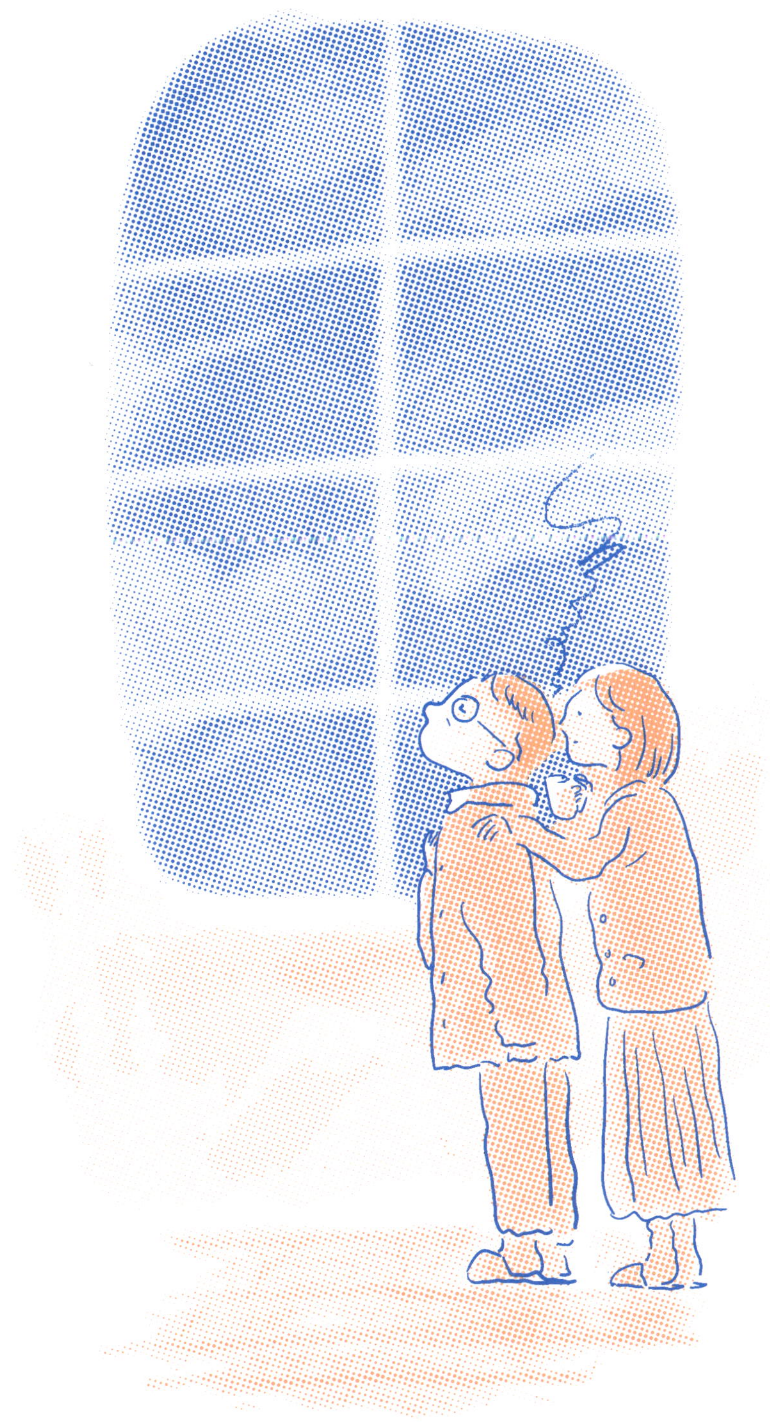

처음엔 휴대폰의 문자 메시지를 소리로 바꿀 수 있다는 게 너무나 신기했다.
카톡도 음성으로 들을 수 있고 문서 파일도 PDF로 바꾸면 들을 수 있다.
예전에는 세상에 그런 게 있다는 걸 까맣게 몰랐는데, 막상 내가 아쉬우니까
필요한 기능들을 이것저것 찾게 되고 나중엔 맹렬한 탐구심까지 생겨나기 시작했다.
넷플릭스 자막을 한국어 음성으로 바꿔주는 기능이 있다는 것도 내 힘으로 알아냈다.
혹시나 싶어 한국 넷플릭스에 연락을 해봤더니 미국 본사에 문의해서 방법을 알려준 것이다.
애플TV에도 비슷한 기능이 있었다. TV를 볼 때 자막을 읽어주는 서비스는
내가 삼성전자에 직접 건의해서 만들어냈다.
그밖에도 유용한 도구들이 많다. 손전등이 달린 지팡이는 직접 만들었고,
아이패드를 눈높이에 고정시켜서 카메라를 확대경처럼 쓸 수 있는 웨어러블 장비는
기존의 촬영장비를 내 몸에 맞게 개량한 것이다.
목마른 놈이 우물 판다는 옛말을 몸소 실천한 셈인데, 그 와중에도 발견의 기쁨을 느끼고
세상에 없던 걸 만드는 재미도 느꼈으니 역시 타고난 천성은 어쩔 수가 없는 모양이다.

'불편함'은 '불가능'과 다르다. '시각장애 4급'이라는 나의 장애등급은
불가능이 아닌 불편함의 척도일 뿐이다. 30센티미터 안쪽만 간신히 볼 수 있고
그 너머는 흐릿한 형태밖에 보이지 않지만 그렇다고 못 할 일은 아무것도 없다.
기획도 할 수 있고, 연기도 가능하다. 다행히 병의 진행이 느려서
완전히 실명할 일은 없을 거란다. 그러면 된 것이다.
나에게는 아무런 문제가 없다.

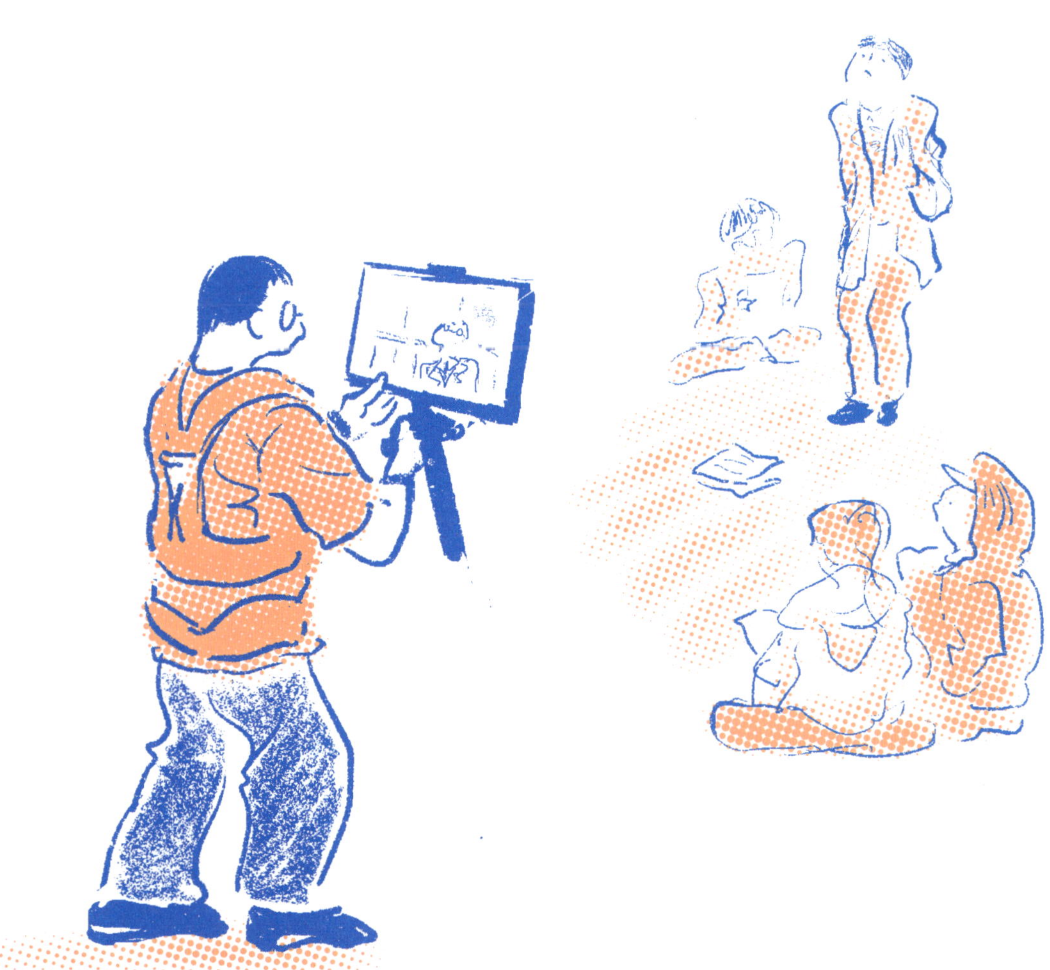

2019년의 〈봄밤〉은 시력이 악화된 후 처음 출연한 드라마였다.
처음엔 내가 다시 연기를 할 수 있을지 스스로도 반신반의했지만
막상 촬영을 해보니까 크게 어려운 건 없었다.
예전보다 대본을 더 열심히 외우고 더 집중해서 연기를 하면 되었다.

2020년에는 연극 〈더 드레서〉에 출연했다.
9년 만의 연극 무대였고 데뷔 55년 만의 첫 노역이었다.
코로나19 때문에 한동안 중단되었던 〈난타〉 공연도 2021년부터 다시 시작했다.
이듬해에는 브로드웨이 '뉴 빅토리' 극장에서 다시 한번 〈난타〉를 시즌 개막 작품으로 초청했다.
2003년 초연 이후 19년 만이었다. 그 시간 동안 〈난타〉는 61개국 326개 도시를 순회하며
명실상부한 'K-퍼포먼스'의 상징이 되어 있었다.

2024년 5월에 막을 올린 연극 〈웃음의 대학〉에서는 "이 세상에 연극 따위는 필요 없다"고
굳게 믿는 고집불통 검열관 역할을 맡았다. 리허설 때 상대 배우의 표정을
장면별로 촬영해서 기억에 담아놓고, 공연 때는 그 표정을 상상하면서 연기를 했다.
시력의 공백을 기억력과 상상력으로 메운 셈이다. 관객들의 표정은 볼 수 없었지만,
중요한 대목마다 빵빵 터지는 웃음소리를 90분 내내 들을 수 있었다.
행복했고, 자랑스러웠다.

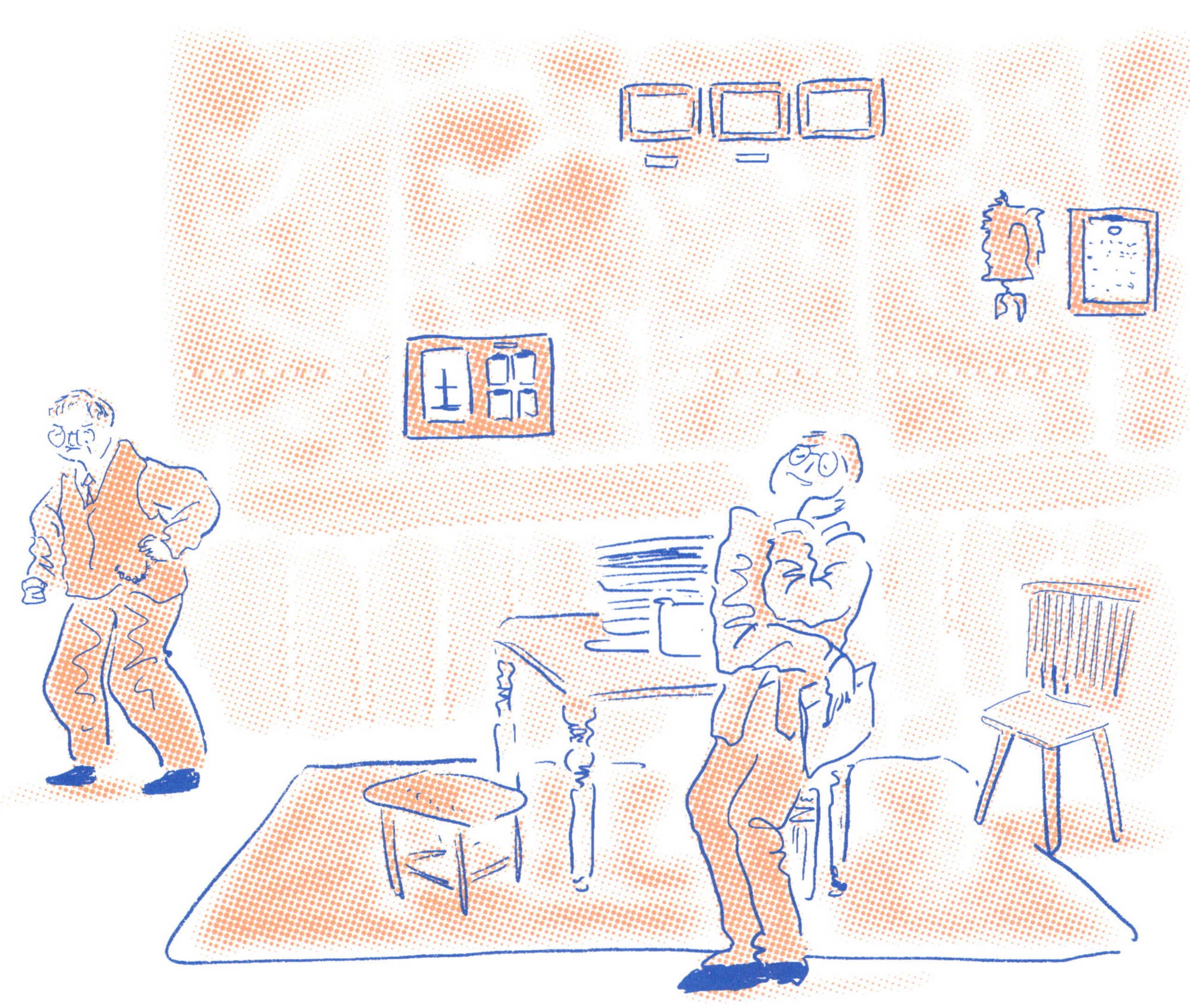

2022년 2월 어느 날, 파주출판도시에서 연락이 왔다.
출판인들을 위한 강연을 해달라는 부탁이었다.
이전부터 출판도시에 애정을 갖고 있던 터라 흔쾌히 승낙했다.
'사태'의 시작은 강연이 끝나고 출판인들과 차 한잔 하는 자리에서 일어났다.
20년째 열리고 있는 '북소리' 도서전을 대중적인 문화축제로 바꾸고 싶은데
도움을 줄 수 있냐는 것이었다.

그 순간 섬광처럼 뇌리를 스치는 풍경이 있었다. 작은 도시, 크고 작은 공연들,
그리고 구름 같은 관객들. 다름 아닌 에든버러였다.
세계 유일의 '북 시티'에서 에든버러 방식의 페스티벌이 열린다면
지금까지 없었던 멋진 축제가 충분히 가능할 것 같았다.
그해 여름 15명의 출판인들과 함께 에든버러 답사를 다녀왔고,
2년간의 궁리와 검토 끝에 〈2024 파주페어_북&컬처〉의 뼈대가 완성되었다.
행사의 콘셉트는 책의 테마와 스토리를 원천 소스로 삼아서
연극, 무용, 음악, 영화 등 새로운 K-콘텐츠를 만들어내는 것이다.
또한 그 작품들의 해외 수출을 성사시키는 글로벌 마켓으로 성장시킬 계획이다.
다양한 프로그램들 중에서 가장 심혈을 기울인 건
에든버러를 벤치마킹한 '프린지 페스티벌'이었다.

에든버러 프린지 페스티벌의 기원은 1947년에
'에든버러 인터내셔널 페스티벌'에 초청받지 못한 8개 단체가
행사장 언저리(fringe)에서 벌였던 소규모 공연이다.
격식에 얽매이지 않는 자유롭고 실험적인 공연을 추구했던 프린지 페스티벌은
전 세계 문화예술인들의 열렬한 호응에 힘입어 공연예술의 변방에서 중심으로 성장했으며,
1999년에는 〈난타〉가 한국 최초로 참여한 바 있다. 그 당사자였던 내가
25년 만에 파주에서 한국형 프린지 페스티벌을 선보이게 된 것이다.

연극, 뮤지컬, 비언어극 등 모든 공연 장르를 아우르는 프린지 공모의 수상작은 8편.
에든버러 프린지 페스티벌 첫해의 공연작품 수와 같다. 부문별 최우수작 2편에는
해외공연 홍보비 및 항공료를 지원하기로 했다.

처음이라 이런저런 시행착오들이 없지 않았고 개막 직전까지 마음을 졸이기도 했지만,
〈2024 파주페어_북&컬처〉는 많은 사람들의 참여와 호응 속에서 성공적으로 막을 내렸다.
나의 오늘이 있게 해준 에든버러 프린지 페스티벌처럼,
출판도시의 프린지 페스티벌이 제2, 제3의 〈난타〉로 이어지기를 간절히 기원해본다.

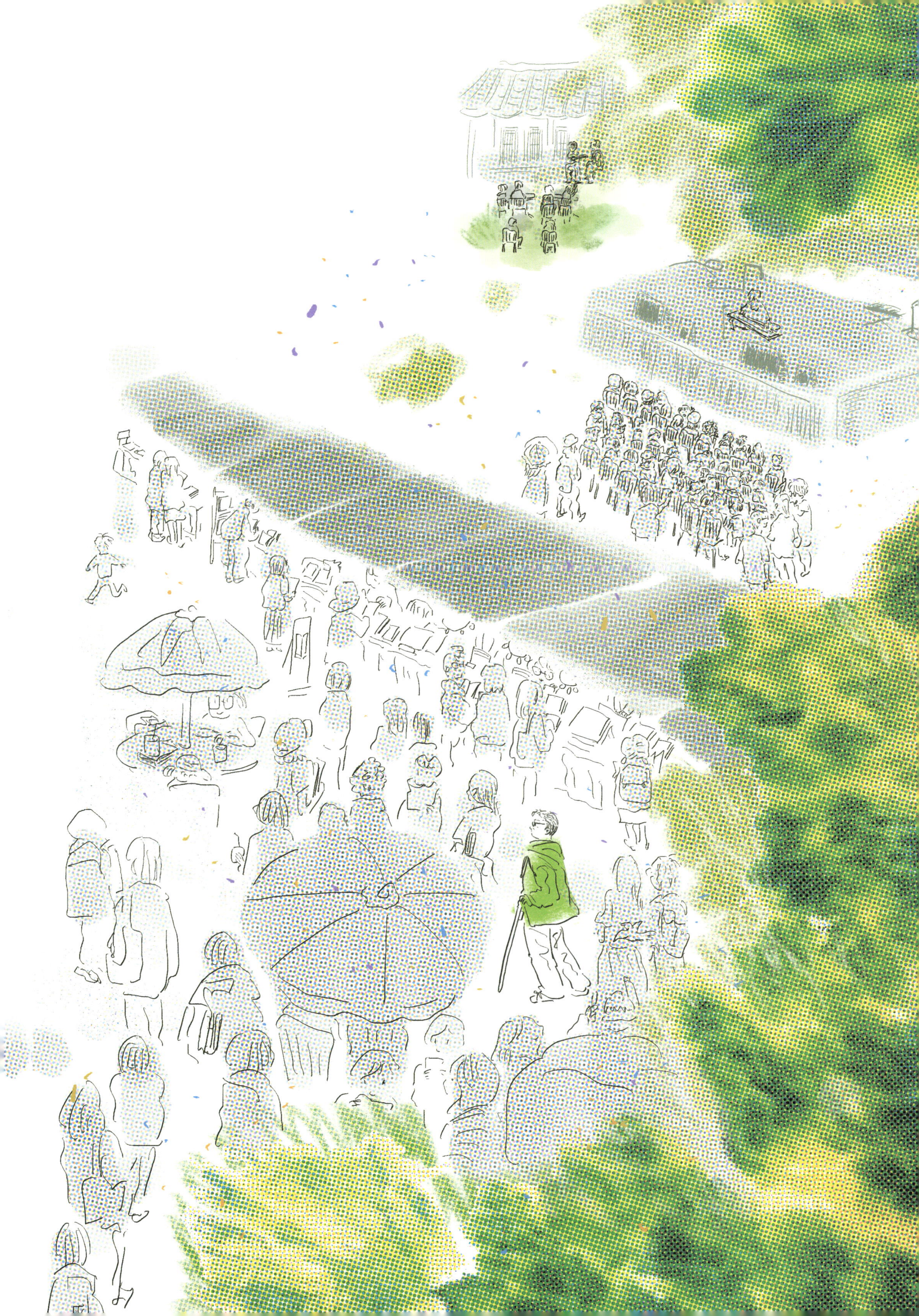

2025년. 배우로 데뷔한 지 올해로 60년이 되었다.
그동안 기획도 하고 연출도 하고 제작도 했지만, 늘 나의 천직은
배우라고 생각하며 살아왔다. 연기를 할 때 내가 가장 순수해지고,
연기에 몰입하는 순간순간이 너무나 좋기 때문이다.

대본을 받을 때마다 새로운 역할에 가슴이 설렌다.
꼼꼼히 읽고, 작품을 분석하고, 캐릭터에 대해 끊임없이 생각한다.
그리고 무대에 오른다. 나의 내면으로 스며든 극중 인물의 정서를 깊이 느끼며,
잠시 그 사람이 되어 연기를 한다.
생각하고 느끼고 연기하는 그 모든 과정이 참 좋다.

하지만 이 모든 것들은 나 혼자 할 수 있는 일이 아니다.
무대 뒤 스태프들의 도움이 없다면 무대 위에서 한 걸음도 뗄 수 없다.
그래서 새삼 이런 생각이 든다.
그동안 참 많은 사람들에게 신세를 졌구나!
60년간 함께 작업했던 모든 분들께 진심으로 감사드린다.
그런데 앞으로도 계속 신세를 져야 할 거 같다.
나의 마지막 꿈은 노역 배우로 인생을 마무리하는 것이니
또 염치없이 신세를 질 수밖에!

이 책을 끝까지 읽어준 독자 여러분에게도 감사드리며,
머지않은 날에 무대 위의 배우와 객석의 관객으로
다시 만나기를 기대해본다.

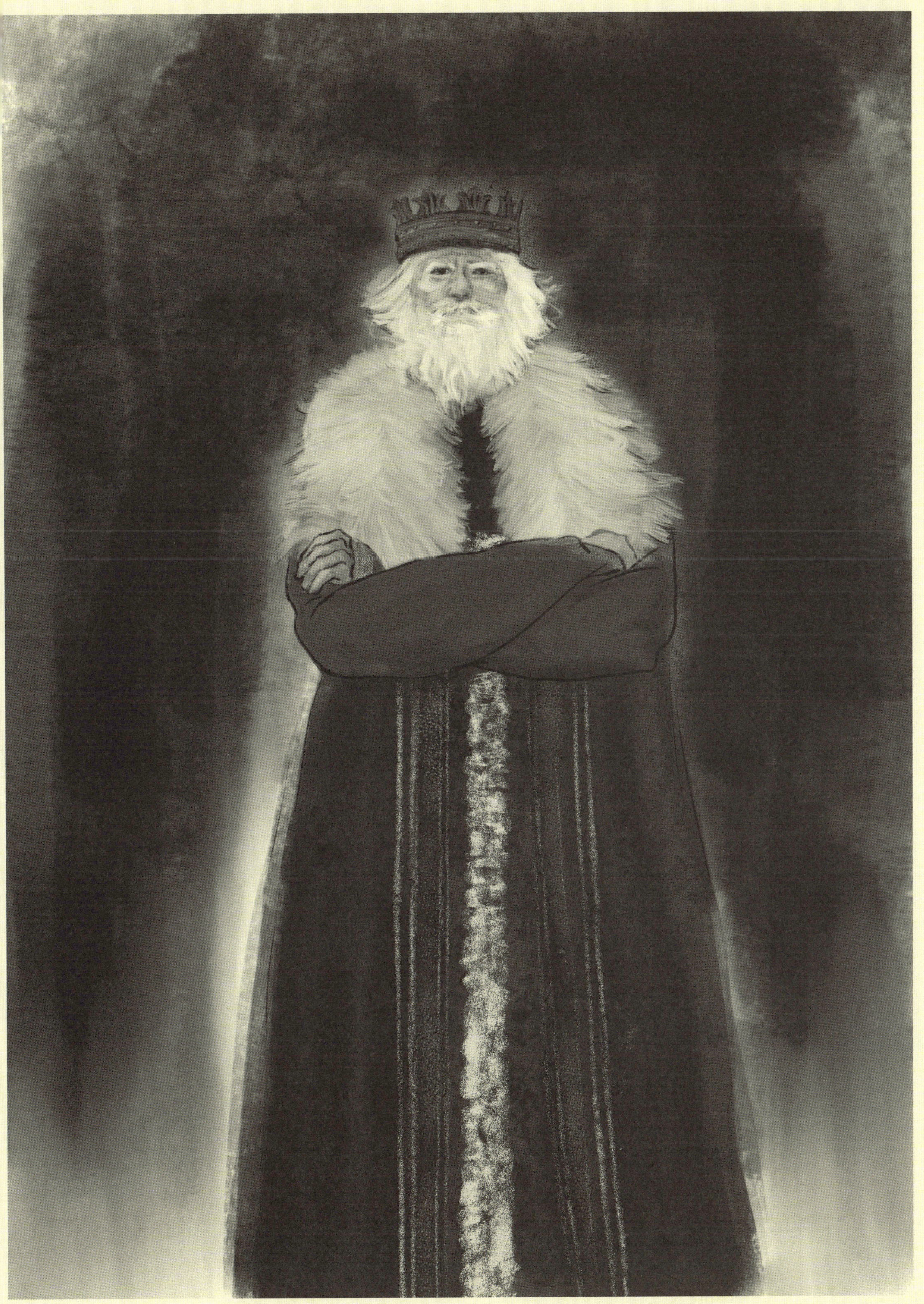

"가끔 내 얘기를 해줘.
연극배우는 다른 이들의 기억 속에서만 존재하니까.
인생에서 가장 아름다운 일은 누군가에게 기억되는 거야."

_〈더 드레서〉 대사 중에서

나는 배우다,
송승환

초판 1쇄 펴냄 2025년 5월 30일

송승환 글 | 나소연 그림

펴낸이 고영은 박미숙
펴낸곳 뜨인돌출판(주) | 출판등록 1994.10.11.(제406-251002011000185호)
주소 10881 경기도 파주시 회동길 337-9
홈페이지 www.ddstone.com | 블로그 blog.naver.com/ddstone1994
페이스북 www.facebook.com/ddstone1994 | 인스타그램 @ddstone_books
대표전화 02-337-5252 | 팩스 031-947-5868

책임편집 박경수 | 외부 디자인 이지선 | 마케팅 정원식 | 경영지원 김은주

ISBN 978-89-5807-066-5   03810